Über dieses Buch



Hilfe – die Eltern kommen! Mit diesem Schreckenstelegramm pflegen sich die vier Knesl-Töchter gegenseitig vor dem Besuch ihrer Eltern zu warnen. Dabei ist der kuriose Wissenschaftler Paul Knesl herzensgut und seine Frau Bettina ausgesprochen patent, sie passen nur absolut nicht in eine bürgerliche Umgebung. Dafür haben die Knesl-Töchter um so hausbackenere Männer geheiratet. Aber was ist bei Troll schon hausbacken! Einer der Schwiegersöhne ist der Erfinder des vollautomatischen Haushalts, regiert vom Roboter Robby. Der andere ist ein Offizier, der kein Blut sehen kann, aber im Sandkasten jede historische Schlacht schlägt und seine Familie militärisch durchorganisiert hat. Der dritte ist ein Schriftsteller, der so tief grübelt, daß man in seinen Werken die »Grubenhunde« bellen hört. Der vierte präsentiert sich als Stadtmissionar und Feind jeder frohen Regung. Er lehrt Papageien den Slogan »Alkohol ist Gift« und verschenkt sie anschließend an Lokale mit starkem Umsatz. Doch hinter der Heiterkeit dieses beschwingten Familienromans verbirgt sich eine treffende Zeitsatire. Und das Geheimrezept, das Thaddäus Troll für den Leser bereithält: Großzügigkeit, Heiterkeit und eine Riesenportion Wurschtigkeit. Beispiel dafür: das vergnügte, »schreckliche« Ehepaar Ben und Bettina Knesl.

# Thaddäus Troll:
# Hilfe – die Eltern kommen!
Roman

Deutscher
Taschenbuch
Verlag

Ungekürzte Ausgabe
1. Auflage März 1969
5. Auflage November 1973: 56. bis 65. Tausend
Deutscher Taschenbuch Verlag GmbH & Co. KG,
München

Vom Autor revidierte Auflage. Ursprünglicher Titel:
›Sehnsucht nach Nebudistan‹
Umschlaggestaltung: Celestino Piatti
Gesamtherstellung: C. H. Beck'sche Buchdruckerei,
Nördlingen
Printed in Germany · ISBN 3-423-00559-9

# Erstes Kapitel

Ich bitte Sie – ein fremder Neger nachts um halb zehn!

Und das noch in der Gesundheitswoche!

Das Ehepaar Knesl saß gerade beim Kartenspiel, und Paul versuchte, statt einer Treff-Dame einen König ins Spiel zu mogeln, als Frau Schlebusch den Neger meldete. Zwar hatte die tüchtige Wirtschafterin während ihrer Tätigkeit bei Knesls das Staunen verlernt – aber ein Neger nachts um halb zehn, man sollte gar nicht denken, wie die Natur spielt! Frau Schlebusch besuchte jeden Film, aber so etwas Unwahrscheinliches hatten ihr die Warner-Brothers doch noch nicht zugemutet. »Der Kerl sieht aus, wie aus'm Dreidemenzionellen geschnitten. Wie im ›Grabmal hinterm Kongo‹ der Häuptling von die Menschenfresser, die den Teppichhändler gefangen haben und schon machen sie Feuer unterm Kochkessel. Ein Neger nachts um halb zehn – wenn das nur kein Kannibal ist!«

Paul Knesl war Wissenschaftler. »Kannibalismus ist die nahrhafteste und hygienischste Form der Bestattung«, belehrte er Frau Schlebusch, wozu seine soignierte Frau strafend die Augenbrauen hochzog. »Aber führen Sie den fremden Herrn nur herein!« ermunterte er die mürrische Wirtschafterin.

Das Leben hatte dem Ehepaar Knesl schon manche Überraschung geboten. Das heißt, die Überraschungen entsprossen der merkwürdigen (die verheirateten Töchter sagten: verrückten) Lebensweise des Ehepaars. Aber nun dachten Paul und Bettina Knesl, sie seien allmählich so alt geworden, daß die Zeit der Überraschungen vorbei sei. Sie ahnten nicht, daß der Auftritt des Negers die aufregendste Zeit in ihrem gewiß nicht langweiligen Leben einleiten könne. Paul, den seine Töchter aus längst vergessenen Gründen Benvenuto oder schlicht Ben nannten, war 65; Bettina, geistig und körperlich genau so hurtig wie ihr Mann, war fünf Jahre jünger. Beide meinten, es komme vom Weintrinken, daß ihr Lebensabend so sonnig und heiter sei.

Aber Ben war alles andere als ein logischer Mensch. Er liebte im Grund seines Herzens das Gleichmaß nicht. Deshalb erfand er zum Schrecken seiner Frau, die ihn viel zu gern mochte, als daß sie seine Steckenpferde nicht toleriert hätte, immer neue Synkopen, um den Rhythmus ihres beschaulichen Lebens zu unterbrechen.

So hatte er vor drei Tagen gegen seine fast lebenslänglichen Erfahrungen erklärt, der stetige Weingenuß, dem sich das Ehepaar hingab, bekomme der Gesundheit nicht. »Wir entschlacken uns. Wir trinken eine Woche lang keinen Wein mehr«, hatte er angeordnet, gleichzeitig aber eine kriegsstarke Batterie Flaschen voll scharfer Schnäpse mitgebracht.

Bettina wagte nicht, gegen diese konzentrierte Form des Alkohols zu protestieren, denn Ben hatte ihr in einem laienmedizinischen Vortrag erklärt: »Plötzlicher und radikaler Alkoholentzug löst einen Schock im Körper aus. Deshalb müssen wir in der Gesundheitswoche Kirschwasser, Gin und Whisky trinken. Wir reichern aber diese edlen Getränke mit Nährhefe, Vitaminpräparaten und Weizenkeimen an. Du wirst sehen – am Ende der Woche können wir Bäume ausreißen!«

Nun war die Woche noch nicht zu Ende, und der Baumbestand des friedlichen Bad Querfurt, wo das Ehepaar Knesl lebte, war vorerst noch nicht gefährdet. Bettina trank mäßig die ungewohnten Spirituosen, aber Ben sprach ihnen tüchtig zu, nicht ohne da ein paar Tropfen Vitamin C, dort ein paar Weizenkeime, hier einen Löffel Hefeflocken zuzusetzen – ein Verfahren, das die klaren Getränke als aus recht trüben Quellen gespeist erscheinen ließ.

Als der späte Gast eintrat, kippte Bettina ein Glas Enzian hinunter, das ihr Mann durch einen Zusatz von Weizenkleie (»Die bewährte Darmbürste« stand auf der Packung) gesundheitsfördernd gemacht hatte.

Der Gast, den Frau Schlebusch mit leicht gerümpfter Nase ins Zimmer führte, war zwar kein Neger, hatte aber eine Hautfarbe, die an Milchschokolade erinnerte. Er hatte den Gang einer behenden Seerobbe und war so dick, daß selbst die Quellen und Badeärzte von Kissingen vor seinem Anblick kapituliert hätten. Der Fremde lachte über das ganze Gesicht, in dem Fett und Gutmütigkeit ansehnliche Fettpolster gebildet hatten.

»Mein Name lautet Kata Kiri«, stellte er sich mit einer zeremoniellen Verbeugung vor. »Mein König würde voll Glücks sein, wenn er wüßte, daß sein Bote am Ziel angelangt ist!«

Ben nannte seinen Namen und verbeugte sich ebenfalls, während Bettina dem Gast die Hand gab. »Herzlich willkommen«, sagte sie, und starrte fasziniert auf den türkisfarbenen Schlips des Negers, auf den ein Fußballspieler gestickt war, der mit weit ausholendem Schwung den Ball wegstieß.

Der Gast stellte seine dickbäuchige Reisetasche, auf die mit

Perlen der Wunsch »Bon voyage« gestickt war, auf den Boden. Auch Ben schüttelte ihm die Hand und suchte seines Staunens Herr zu werden. Kata Kiri trug einen eleganten Zweireiher mit vier Knöpfen am Ärmel. In der Hand hielt er einen dunklen Hut mit weißem Seidenfutter. Sein purpurrotes Hemd war mit Dürers ›Hieronymus im Gehäuse‹ bedruckt. Mein Gott, dachte Bettina, früher sah man weiße Mäuse, wenn man zuviel getrunken hatte. Jetzt sind es dicke Neger mit Dürerdrucken auf dem Hemd. Wie sich die Symptome des Deliriums ändern!

»Eine edle Frau kennenzulernen, darf stets als Glücksfall hoch gepriesen werden«, sagte Kata Kiri artig und geziert, denn er verdankte seine deutschen Sprachkenntnisse einer Grammatik, die bedeutend älter als das Ehepaar Knesl war.

Ben wollte das Versäumnis der Frau Schlebusch gutmachen und dem Gast Hut und Reisetasche abnehmen, aber der bestand darauf, beides in Griffweite zu behalten. Er nahm den angebotenen Platz nur zögernd an und blickte dabei auf einen in Holz gebrannten Wandspruch, der hinter Bens Schreibtisch hing. »Die Aufforderung, Platz zu nehmen und länger zu bleiben, ist keinesfalls ernst gemeint.«

»Was schließt dieser Satz in sich?« fragte der Braune.

»Er gilt nicht für Verleger und für Gäste, deren Heimat außerhalb Europas liegt«, sagte Ben höflich.

Der Gast öffnete seine Reisetasche und holte eine Flasche heraus. »Es ist eine hoch zu schätzende Ehre, guten Freunden einen erquickenden Trunk zu kredenzen«, sagte er und entkorkte die Flasche.

Das Zimmer roch nach köstlichem Rum. Bettina holte Gläser.

»Aber nicht ohne Vitamin C«, sagte Ben und goß ein paar Tropfen der Wunder wirkenden Aufbaustoffe in die dunkle Flüssigkeit.

»Es lebe der König!« toastete der Braune.

Bettina und Ben fanden es angemessen, den Unbekannten ebenfalls leben zu lassen. Da sagte der Gast:

»Muka sindaku haiwari.«

Ben stieß einen Freudenschrei aus, so daß Frau Schlebusch, die dem braunen Kerl nicht traute, den Kopf durch die Tür steckte, um sich zu vergewissern, ob der Menschenfresser sich noch nicht zur Mahlzeit rüste.

»Laya fran pitschuli!« rief Ben und fiel dem Fremden um den Hals.

Es begann ein heftiges, mit Rum und Lachen gewürztes Palaver.

Bettina ergab sich dem Trost des Alkohols. Sie ahnte nur dumpf, daß diese kauderwelsche Diskussion einen Höhepunkt im Leben ihres Mannes bedeute.

Und ob es ein Höhepunkt war! Ben sprach zum ersten Mal in seinem Leben mit einem Angehörigen des Stammes der Nebuditen, deren Idiom er besser beherrschte als seine eigene Muttersprache.

In seiner Studienzeit war er auf diesen Südseestamm gestoßen, der sich seine Freiheit, seine Kultur, seine Sprache und seine Unabhängigkeit seit Jahrhunderten bewahrt hatte und seine Souveränität mit demselben Stolz und derselben Eifersucht hütete wie die Einwohner von Andorra oder San Marino die ihre. Ben hatte sich ganz auf das kleine Südseekönigreich und auf seine Sprache spezialisiert, ohne jemals – und darin war er ein echter deutscher Gelehrter – dort gewesen zu sein. Er entzifferte bald die ältesten Dokumente, die deutsche Forscher von der Insel mitgebracht und den Museen zum Geschenk gemacht hatten. Er las die nebudistische Knotenschrift mit derselben Schnelligkeit und demselben Interesse wie den Lokalanzeiger. Er schrieb ein gescheites Buch über die Kultur der kleinen Insel und ihre Bedeutung für den pazifischen Kulturkreis, das in 500 Exemplaren verkauft wurde und in der Fachwelt großes Aufsehen erregte. Erst vor wenigen Tagen hatte ihm der Verlag wieder eine Vierteljahresabrechnung von 4 Mark 53 für Honoraranteile geschickt. Bens besonderes Steckenpferd aber war, nebudistische Gedichte zu schreiben. Auch die Gedichte waren in einem kleinen Band gedruckt.

Nun kostete Ben wohl seinen Ruhm in der schmalen Fachwelt aus, hatte aber keine Ahnung, daß sein Name und sein Werk bis auf die Insel Nebudistan gedrungen waren. Darüber berichtete ihm jetzt der späte Gast, der kein anderer war als der Außenminister des kleinen Königreiches. In diplomatischer Mission stattete er zur offiziellen Besuchszeit (die für Nebuditen, wie Ben in der Kulturgeschichte richtig nachgewiesen hatte, abends zwischen neun und elf Uhr liegt) dem Ehepaar Knesl einen Staatsbesuch ab.

Kata Kiri berichtete zuerst, wie Bens Werk durch Zufall dem König Tongo, der ein hochgebildeter Mann sei und das Telefonbuch von Stadt und Kanton Zürich fließend in der Ursprache lese, in die Hände gefallen sei. Das Werk Bens sei sofort in der

Lehrplan der höheren Schule Nebudistans aufgenommen worden, so daß seine wissenschaftlichen Erkenntnisse sozusagen zum geistigen Sturmgepäck jedes Nebuditen gehörten. Eine Sensation, die man in der Literaturgeschichte nur mit dem Erscheinen von Werthers Leiden vergleichen könne, seien jedoch Bens Gedichte gewesen. Sie seien sofort in hoher Auflage auf dem Spagatmarkt erschienen, der unserem Buchmarkt entspreche, da man in Nebudistan nur die Knotenschrift kenne. Bei jedem besseren Seiler hingen Bens Gedichte: als Taschenausgabe auf zierliche Fäden geknotet, als Volksausgabe in billiger Papierschnur oder zu Geschenkzwecken prächtig in Hanf geknüpft.

»Es gibt keine Taufe, keine Hochzeit und keine Verstoßung der Ehefrau, bei der nicht ein Gedicht von Ihnen rezitiert wird«, erklärte der Außenminister. »Vor allem die Tatsache, daß sich die Gedichte reimen, hat auf unser Schrifttum revolutionierend gewirkt. Denn der Reim ist bei uns – und hier irren Sie in Ihrer nebudistischen Kulturgeschichte – seit dem 16. Jahrhundert in Vergessenheit geraten. Deshalb hat man jetzt in einem Gesetz verordnet, daß jedesmal, wenn ein Reim von Ihnen erklingt, ein dreifacher Trommelwirbel geschlagen wird. Diese musikalische Unterstreichung gibt Ihren Schöpfungen noch stärkeren Nachdruck. Am Donnerstagabend, der dem abendländischen Samstag entspricht, hallt oft die ganze Insel von Trommelwirbeln wider – wahrlich ein Echo, dessen sich kaum ein zweiter Dichter zu rühmen vermag! Zwar haben einige einheimische Dichter sich auch in der Kunst des Verses geübt, jedoch können sie sich weder mit Ihnen messen noch Ihre Kunstfertigkeit erreichen.«

Ben hörte das alles mit stolzer Freude, unterbrach den Erzähler durch Zwischenfragen, trank Rum und übersetzte die Lobpreisung im Telegrammstil für Bettina, die feuchte Augen bekam. Da klopfte der Gast ans Glas, erhob sich und setzte seinen Hut auf, was in Nebudistan hohe Ehrungen oder Operationen durch den Medizinmann einzuleiten pflegt. Kata Kiri sprach jetzt Deutsch, damit auch Frau Bettina die Bedeutung der Stunde begreifen könnte.

»Im Namen unseres Königs Tongo, hochverehrter Herr Knesl, teile ich Ihnen mit, daß Sie schon seit acht Jahren Ehrenbürger unseres Stammes sind. Der König nähert sich dem Alter und möchte die Regierungsgeschäfte mit einem weisen Freund teilen. Er lädt deshalb Sie und Ihre Frau Gemahlin ein, nach Nebudistan zu kommen. Ein Ehrensold, eine Villa aus bestem

Lehm und ein Schock Diener sind für Sie bereitgestellt. Sie sollen unser Kanzler werden, und für Frau Bettina warten Aufgaben in unserer Frauenbewegung, die allerdings (das Geständnis macht mich traurig) noch auf recht tönernen Füßen steht. Nur eine Bedingung ist an die Einladung geknüpft, eine Bedingung, die in der Verfassung verankert und daher unumstößlich ist (denn unsere Verfassung ist 1100 Jahre alt und wurde nie ausgewechselt): Sie müssen einen leiblichen Erben mitbringen. Ich weiß«, fuhr der Außenminister fort, »um solch schwerwiegende Beschlüsse zu fassen, bedarf es bedächtiger Überlegung. ›Eine Palme ohne Kübel zu verpflanzen, ist schwerer als seine Frauen zu beruhigen, wenn sie sich um den Lendenschurz raufen‹, lautet ein altes nebudistisches Sprichwort. Deshalb gebietet mir der Takt, heute nicht mehr von meinem Vorschlag zu sprechen. Ich gebe Ihnen Bedenkzeit, um unseren Vorschlag auf der Waage der Überlegung zu taxieren. So sei es!«

Der Außenminister nahm den Hut ab, setzte sich und griff zum Glas.

Bettina fand als erste die Fassung wieder. »Sie sind heute selbstverständlich unser Gast.«

Schon war sie in der Küche verschwunden, wo Frau Schlebusch Geflügelschere und Tranchiermesser bereitgelegt hatte, um der Herrschaft im Fall eines Angriffs des Wilden beispringen zu können.

»Frau Schlebusch, richten Sie das Gästebett«, ordnete Bettina an.

»Aber doch nicht für den braunen Kerl. Wer weiß, ob der nicht abfärbt, und nachher haben wir die Bescherung mit der Wäsche. Und mit so einem unter einem Dach...das kann wie in dem Film ›Geschichten vom Nil‹ gehen. Da kommt doch so'n alter Pharao unterwegens...«

Bettina mußte wieder bremsen. »Wissen Sie, was der braune Herr ist? Ein richtiger Minister! Am besten sagen Sie Exzellenz zu ihm.«

»Eher tranchier ich die eigene Zunge«, murrte die Schlebusch. »So weit ist es gekommen – jetzt werden die Schwarzen schon Minister. Hoffentlich schleppt der Kerl kein Ungeziefer ins Haus, eine Vogelspinne oder einen Skorpion!« Knurrend ging sie an die Arbeit.

Die vier Insassen der Knesl'schen Wohnung waren von den verschiedenartigsten Empfindungen beherrscht. Frau Schlebusch, die schon acht Jahre im Dienst der Familie war, viel unter erfolgloser Liebe zu mannigfachen Mannsbildern litt und durch wenig überrascht werden konnte, nährte in ihrem Busen den Groll gegen den fremden Eindringling. Keinen Augenblick zweifelte sie daran, daß der Gast ein Hochstapler und alles an ihm falsch sei: der Name, die Zähne, der Titel, der Hieronymus auf dem Hemd und die dunkle Hautfarbe, von der sie annahm, daß man sie leicht mit Schuhwichse herstellen könne, was ihr beim Richten des weißen Bettes als besonders infam erschien. Beruhigend wirkte nur ihre Erfahrung, daß über dem unruhigen und absonderlichen Leben der Familie Knesl ein sehr tüchtiger, Tag und Nacht dienstbereiter Schutzengel zu walten schien, der bis heute alle Fährnisse großzügig überwunden hatte, wie es die Helden jener Abenteuerfilme zu tun pflegen, die Frau Schlebusch so schätzte.

Kata Kiri saß indessen im Kreise des erkorenen Ehepaares und bemühte sich, die Bedenkzeit, die er gewährt hatte, nicht durch verlockende Hinweise auf das Leben in Nebudistan zu verkürzen. Er hielt eine unverbindliche Konversation im Gang und machte Frau Bettina mühsam gedrechselte Komplimente wie: »Gnädiger Frau stehen das blaue Auge allerliebst zu Gesicht.«

Frau Knesl nahm das alles kaum zur Kenntnis, weil sie daran dachte, wie der Vorschlag des Gastes zu verwirklichen sei. Denn obwohl sie es war, welche die Familie immer wieder tatkräftig und geschickt über Wasser hielt, teilte sie mit Ben dessen Liebe zum Abenteuer, war sie wie ihr Mann neugierig auf alles Fremde und Unbekannte. Nur eines unterschied sie von Ben. Der war ein Phantast, während sie als praktische Natur mehr auf dem Boden der Möglichkeiten blieb. Sie zweifelte keinen Augenblick daran, daß Ben die Einladung nach Nebudistan annehme, und sie wäre auch sehr enttäuscht gewesen, wenn er es nicht getan hätte. Aber die Bedingung, einen leiblichen Erben mitzubringen, machte ihr Kopfzerbrechen. In ihrer vierzigjährigen Ehe mit Ben hatte sie zwar vier Töchter bekommen, die alle schon verheiratet waren und sie mit sieben Enkelkindern beschenkt hatten. Es stünden also elf leibliche Erben zur Auswahl, wenn da nicht ein dunkler Punkt in der Familie Knesl gewesen wäre, über den sich Bettina oft Gedanken machte.

Ben, der sonst ein Mann ohne Grundsätze und Richtlinien war, hatte nämlich seine Kinder nach einem eigenen System erzogen. Er wollte aus seinen vier Töchtern möglichst großzügige, fortschrittliche, freie und tolerante Menschen machen. Sein Erziehungssystem, das zwischen dem von Rousseau und dem bequemer amerikanischer Eltern lag, ließ die Kinder gleichsam auf freier Wildbahn, von Vorurteilen ungeschoren, heranwachsen.

Das Ergebnis war leider negativ. Tante Katinka hatte vorausgesagt, bei diesen Erziehungsmethoden sei den Knesl'schen Töchtern ein Ende im Zuchthaus sicher. Und wenn es eine von ihnen zu besonders viel bringe, habe sie vielleicht noch die Chance, an ihrem Lebensabend im Armenhaus an einem bescheidenen Hungertuch zu nagen.

Diese Voraussage war falsch. Die Knesl'schen Töchter sahen ihr Leben lang mit befremdetem Kopfschütteln auf das unruhige und nicht immer bürgerliche Leben ihrer Eltern. Sie hatten keinen Appetit auf die Freiheit, die ihnen Ben anbot. An ihnen erwies sich die Richtigkeit des von Knesl übersetzten nebudistischen Sprichworts: »Papageien und Sprichwörter plappern Unsinn.« Denn Knesls äußerlich sehr adrette Äpfelchen fielen weit vom Stamm. Schon in ihrer frühesten Jugend war ihr Lieblingsspielzeug das Sparschwein. In der Schule bekamen sie hervorragende Noten im Betragen. Sie liebten mit Vorsicht, mit Maß und mit Vernunft, und Camilla schloß sogar schon mit zwölf Jahren aus eigenen Ersparnissen eine Aussteuerversicherung ab. Sie schämten sich immer ein wenig ihrer Eltern, die so gar nicht erwachsen wie andere Eltern waren. Nie war ihre Versetzung in eine höhere Klasse, selten war ihre Tugend gefährdet. Sie suchten für alles, was ihnen begegnete, ein »solides Fundament«, ein Begriff, den sie nie bei ihren Eltern gehört hatten. So war es auch kein Wunder, daß ihre Liebeserlebnisse im Gegensatz zu denen des Vaters spärlich waren, aber zur Dauer neigten. Alle vier heirateten bald den Mann ihrer Wahl.

Ben liebte seine Töchter viel zu sehr, als daß er erkannt hätte, wie anders sie sich entwickelten, als er es sich gewünscht hatte. Nur seinen Schwiegersöhnen gegenüber, die so gar nicht den Freunden glichen, mit denen er gerne umging, blieb er kritisch, wenn er sich auch mit ihnen abgefunden hatte.

Während Kata Kiri Konversation machte, dachte Bettina über dieses Problem nach und ließ ihre Nachkommenschaft im Geist Revue passieren, ohne daß sie bei einem der Passanten mit Wahrscheinlichkeit hätte vermuten können, daß er der leibliche Erbe sei, der freiwillig die weite Reise nach Nebudistan mitmache.

Ben aber zweifelte keinen Augenblick daran, daß ein Ruf von ihm genüge, um Töchter, Schwiegersöhne und Enkelkinder zu versammeln und mit ihnen ins Gelobte Land aufzubrechen. Er fragte den Außenminister nach Einzelheiten. »Wie geht eigentlich die Zeremonie der Verstoßung vor sich?«

Kata Kiri war erstaunt, daß es so etwas in Bens Heimat nicht gebe. Er fragte Frau Bettina, ob Ben sie, seit er sie gekauft, auch behalten und noch nie verstoßen habe, um sich eine andere Frau zuzulegen.

»Das widerspräche den Grundsätzen der Gleichberechtigung«, warf Bettina ironisch ein.

»Auch bei uns sind die Frauen gleichberechtigt«, erklärte der Gast. »Sie können jederzeit ihren Mann ohne Formalität verlassen, wenn sie die Summe, mit der sie gekauft wurden, wieder zurückzahlen oder sie von ihrem nächsten Mann oder Liebhaber zurückzahlen lassen.«

Dieser Satz machte Bettinas Bedenken noch größer. Nicht weil sie selbst fürchtete, in der zukünftigen Heimat verstoßen zu werden. Aber sie kannte ihre Töchter. Diese Art des Eherechts würde kaum deren strengeren moralischen Maßstäben entsprechen. Vor allem wußte sie, wie praktisch ihre Töchter dachten, so daß sie sehr rasch die Gefahr und die erotische Unsicherheit erkennen würden, die sich hinter dieser nebudistischen Sitte verbirgt, und daß sie keinesfalls gewillt sein würden, sich einer solchen Gefahr auszusetzen.

Kata Kiri sagte Prost und trank, Ben kam gar nicht mehr nach, den Rum mit dem gesundheitsfördernden Zusatz zu versehen, und Bettina suchte ihre Einwände mit Alkohol zu besänftigen.

Bald ging es ziemlich laut und ausgelassen zu. Plötzlich stieß Bettina einen jener spitzen Entsetzensschreie aus, wie man sie von Frauen hört, wenn sie vergessen haben, die Milch vom Feuer zu nehmen.

»Und Graps – was ist mit Graps?« rief sie.

Ächzend erhob sich Ben, um diese für die Familie wichtige Frage zu klären. Etwas unsicheren Schrittes ging er in die Kramuri, wie Knesls einen mit allerlei unverwendbarem Familienbesitz, größeren Erinnerungsstücken (darunter ein in Palermo erworbener Gartenzwerg, in dem Ben byzantinische Stilelemente sah) und unhandlichen Geschenken gefüllten Raum nannten, den sie mit Etiketten von Weinflaschen tapeziert hatten. Dort frönte Graps seiner einzigen Leidenschaft, dem Schlaf. Von Graps behaupteten die Knesl'schen Töchter, daß es zweifellos edlere, keinesfalls aber temperamentlosere Tiere gäbe. Daß er ein Hund war, konnte man auf den ersten Blick erkennen. Ihn in die Unterabteilungen der Spezies Haushund zu klassifizieren, war unmöglich. Er war mittelgroß, stämmig und zottig. Sein Fell ähnelte in der munteren, raschen und unregelmäßigen Folge von schwarzen und weißen Haaren gewissen Anzügen, deren Farbgemisch man mit dem Begriff »Pfeffer und Salz« zu kennzeichnen pflegt. Ben behauptete, Graps sei ein Schnauzer. Wäre diese Behauptung jemals dem Präsidenten des vereinigten Schnauzer- und Pinscherklubs zu Ohren gekommen, so hätte dieser zweifellos Herrn Knesl zum Duell gefordert, um die in den Schmutz gezogene Ehre der Schnauzer mit Blut reinzuwaschen.

Vier Jahre gehörte Graps als Liebling des Ehepaars und Wonne der Enkel zum Hause Knesl. Sein Verkäufer – ein ungarischer Schiffschaukel-Unternehmer – hatte damals behauptet, Graps sei auf den Mann dressiert, was auf Ben einen tiefen Eindruck gemacht hatte. Aber die Behauptung bestätigte sich im umgekehrten Sinn. Denn Graps begegnete jedem Menschen mit freundlichem Schweifwedeln, machte jedem Landstreicher zu Ehren ein Männchen und hätte selbst nächtlichen Einbrechern zur Begrüßung lautlos die Pfote gegeben.

Da auch Ben dazu neigte, in jedem Menschen das Gute zu sehen, war er überzeugt, daß Graps ein hervorragender Menschenkenner sei. Das wollte er jetzt auch wieder an Kata Kiri beweisen.

Graps ließ sich ebenso ungern wie Ben wecken. Aber sein Herr packte ihn am Halsband, auf dem die Bezeichnung »Graps von Knesls« eingraviert war (das einzige, was dem Hund eine aristokratische Note gab) und zog ihn einfach hinter sich her. Graps streckte steif alle vier Beine von sich, so daß er wie ein kleines Modell jenes Turngeräts aussah, das man Pferd nennt. Aber seine Bremsversuche hatten keinen Erfolg. Sein Herr zog ihn den Flur entlang ins Zimmer.

»König Tongo wird sich glücklich preisen, dieses kostbare Tier in Nebudistan begrüßen zu dürfen!« kreischte der schon etwas angeheiterte Außenminister, als er den verschlafenen Graps sah. Für diese Bemerkung räumten ihm seine Gastgeber einen Klubsessel in ihren Herzen ein. Graps gähnte und ging gemächlich auf Kata Kiri zu, um ihn zu begrüßen. »Schade, daß er kein Mensch ist«, sagte Ben, der Grapsens Klugheit in immer neuen Nuancen zu rühmen wußte, »der wäre im Stande und verstünde Einsteins Relativitätstheorie und Heideggers Lehren.« Plötzlich ging mit dem sonst so friedlichen Tier eine merkwürdige Veränderung vor sich. Er ließ den Gast aus den Augen und schenkte seine Aufmerksamkeit nur noch dessen Reisetasche. Er runzelte die Stirn, zeigte die Zähne und fing plötzlich zu knurren an.

Das war eine Eigenschaft, die Knesls noch nie an ihm beobachtet hatten. »Sicher hat er Fieber«, klagte Frau Bettina. Denn Graps wurde nie böse, nicht einmal wenn er eine Katze sah. Dann pflegte er nämlich den Schwanz einzuklemmen und in scharfem Tempo die Flucht zu ergreifen, was ihn in den Ruf der Feigheit brachte. Das erboste seinen Herrn sehr. Er behauptete, Graps müsse in seiner Jugend ein seelisches Erlebnis mit einer Katze gehabt haben. Das hätte eine Neurose ausgelöst. Lange ließ deshalb Ben seinen Hund von einem namhaften Tierpsychiater behandeln, der dem braven Vieh seinen Katzenkomplex mit Hypnose und Lockerungsübungen austreiben wollte – ein Versuch, der allerdings leider nur dem Tierarzt nützte.

Kata Kiri jedoch wußte Grapsens Idiosynkrasie gegen die Reisetasche sofort zu deuten. »Ein Untertan, der des Königs Gebot nicht achtet, ist selbst der Achtung nicht wert!« schalt er sich selbst und zog aus der Tasche ein Korbchen und eine silberne Flöte.

Der Hund zog sich immer böser knurrend in eine Ecke zurück. Der Gast öffnete das Körbchen. Bettina schrie auf und sprang auf ihren Stuhl. Ein Bündel apart gemusterter Schlangen quoll über den Rand des Körbchens. »Echte Vipern! Ein Gastgeschenk von König Tongo!« rühmte Kata Kiri und nahm die Flöte an die Lippen. Er spielte eine fremdartige Melodie. Die Schlangen hoben die Köpfe und wiegten sich hin und her. Es sah aus, als tanzten Arabesken, Buchstaben, Paragraphen und Violinschlüssel. Ben war fasziniert, Bettina stieg zagend von ihrer kleinen Festung herunter und Graps heulte, weil das Ärgernis der Musik stärker war als seine Antipathie gegen den Schlangengeruch. Nach einer Weile nahm der Gast die Flöte vom Mund, drückte die Schlangen mit dem Deckel des Körbchens sanft in ihre Behausung zurück und verschloß diese. Mit einer chevaleresken Bewegung schob er Ben Flöte und Körbchen zu. Der mußte sich gründlich mit einem doppelten Glas stärken, um diesem Geschenk gewachsen zu sein.

Es wurde spät, laut und gemütlich. Ben sang die Ballade ›Der Zigeuner und die Nonne‹, das Werk eines unbekannten Autors mit 38 Strophen, in denen es viele Tote gab. Bettina gab den Jodler ›Almabtrieb‹ zum besten. Graps war nach der seelischen Erregung in einen tiefen Erschöpfungsschlaf gefallen.

»Wir fahren nach Nebudistan«, stimmte Ben als Rundgesang an und fragte plötzlich, ob es auf der Insel auch Alkohol gebe. Kata Kiri beruhigte ihn. Die Missionare, so erklärte er, hätten ihn schon vor rund zweihundert Jahren eingeführt, um ihren Heilslehren stärkeren Nachdruck zu verleihen, und der bekehrte König Tongo sei selbst ein großer Freund des Reisweines.

Bettina wunderte sich, daß christlichen Predigern die Weinkiste auf dem Fuße folge, aber der Gast verscheuchte ihre Bedenken. »Unsere liberale Verfassung garantiert jedem Fremden Freiheit der Rede«, erklärte er. »Deshalb war Nebudistan von alters her Missionsreservoir für die verschiedensten Religionen. Den Alkohol brachten die Sennoniten mit, eine persische Sekte, die das Feuerwasser anbetet.«

»Hoch soll sie leben!« rief Ben.

»Die Christen führten mit ihrem Glauben Glasperlen ein, andere Religionen brachten bedruckte Hemden, das Würfelspiel und Zahnprothesen mit.«

»Und wie vertragen sich die Missionare bei so scharfer Konkurrenz?« wollte Bettina wissen.

»Gar nicht! In Nebudistan herrscht zwar seit 1100 Jahren Friede und Eintracht. Es gibt keine Waffen und keine Gewalttat. Den Fremden ist es allerdings erlaubt, sich gegenseitig unter Ausschluß der Öffentlichkeit zu bekämpfen. Deshalb ziehen sich immer wieder Missionare in den Wald zurück, um ihren Glaubenskrieg bis aufs Messer auszutragen. Wir haben schon Märtyrer vieler Religionen zur ewigen Ruhe gebettet.«

»Dann nehmen wir Camilla und ihren Mann mit!« bestimmte Ben plötzlich. Camilla war die älteste Knesl-Tochter. Sie war mit einem sittenstrengen Stadtmissionar in Schasswil verheiratet, den Ben mehr fürchtete als alle anderen Schwiegersöhne.

Bettina, die Verdacht schöpfte, daß dieser Entschluß ihres Mannes trüben unterbewußten Wünschen entsprang, widersprach. »Bedenke doch, Joab (so hieß der Schwiegersohn) hat in Schasswil durchgesetzt, daß weniger Alkohol ausgeschenkt und die Polizeistunde auf zehn Uhr vorverlegt wird. Wie leicht könnte er auf der Insel ähnliche Umsturzpläne durchsetzen.«

Ben knurrte einen Fluch.

Bettina schlug vor: »Rose ist viel geeigneter. Sie ist die Jüngste und hat keine Kinder. Die paßt besser auf die Insel. Und ihr Mann kann dort Anregungen sammeln – du weißt doch, das ist seine schwache Seite!« Tochter Rose war mit einem jungen, aber leider unbekannten Dichter verheiratet. »Schreiben kann ich – mir fällt bloß nichts ein!« pflegte er seinen mangelnden Ruhm zu begründen.

»Schluß jetzt – wir fragen die Kinder selbst! Wir lassen sie entscheiden. Morgen reisen wir – alle drei!« ordnete Ben an.

Denn es war seine große Leidenschaft, die Kinder von Zeit zu Zeit reihum zu besuchen. Die Töchter allerdings nannten solche Besuche pietätlos eine Heimsuchung. Wenn sie sich den Verzweiflungsschrei »Hilfe! Die Alten kommen!« zutelegrafierten, so war das jedesmal die Ouvertüre zu fröhlichen Tagen für Ben, Bettina und die Enkel, aber auch das Vorsignal zu bitteren Leiden für die Töchter und Schwiegersöhne, die solchen Besuchen nicht gewachsen waren.

Kata Kiri wurde, soweit es Bens Zungenschlag zuließ, kurz über den Bestand und die geographische Lage der Familie informiert und herzlich eingeladen, die Reise mitzumachen. Er willigte mit Freuden ein und zeigte seine Dankbarkeit in der Bereitschaft, einen nebudistischen Nationaltanz vorzuführen. Dieser Tanz war mit starkem Lärm verbunden. Bettina und Ben machten dazu die Musik, indem sie mit den Füßen stampften und in die Hände klatschten.

Das wurde jäh von Frau Schlebusch unterbrochen. Ernst und drohend stand sie unter der Tür. Unter ihrem mit violetten und grünen Blumen bestickten Morgenrock sah man zwei Handbreiten eines weißen Nachthemds, dessen Saum mit einem roten Seidenband durchflochten war, was Kata Kiri mit Jubel begrüßte.

Frau Schlebusch sah den Fremdling streng an, überzeugt davon, daß ihre nächsten Worte seinem Gastspiel ein jähes Ende bereiten würden. »Draußen ist die Polizei – ist ja auch kein Wunder!« meldete sie und zog sich auf einen Beobachtungsposten zurück, um Augenzeuge zu sein, wenn der Wilde, wie sie ihn nannte, in Handschellen abgeführt würde.

Ben holte Graps aus seiner Ecke, um sich mit Hilfe des Hundes ein martialisches Aussehen zu geben. Leise schwankend zog er den Hund hinter sich her und ging hinaus, um sich der Obrigkeit zu stellen. Er war gewillt, der staatlichen Gewalt würdig, aber fest entschlossen gegenüberzutreten.

Aber die Gefahr erwies sich als geringer, als sie sich Ben und Frau Schlebusch ausgemalt hatten. Vor der Tür stand nämlich Wachtmeister Schigolch, dessen Milde und Humor stadtbekannt waren und seiner Karriere gewisse Schranken gesetzt hatten. Ben schätzte Schigolch deshalb besonders, weil der Wachtmeister beim Kontrollieren der Weinstuben nach der Polizeistunde niemals auf den so gesundheitsschädlichen plötzlichen Aufbruch drängte, sondern den Zechern Zeit ließ, sich der Medizin des Weines langsam zu entwöhnen. Als Ben den Wachtmeister einmal außer Dienst in einem Lokal traf, bot er ihm deshalb erfolgreich Brüderschaft an.

Der müde Graps versuchte vor Schigolch ein Männchen zu machen, fiel aber sofort wieder vornüber.

»Kommst du als mein Freund, oder sind Sie als Häscher geschickt, um mich zu vernichten?« fragte Ben mit dem Pathos, zu dem die zweite Flasche verführt.

»Es ist mir sehr peinlich, Herr Knesl«, sagte der Wachtmeister offiziell, »aber die Nachbarschaft hat sich über den Höllenspektakel bei Ihnen beschwert. Um keine Anzeige anhängig zu machen, stelle ich Zimmerlautstärke anheim.«

Frau Schlebusch schlürfte enttäuscht über die entgangene Sensation auf ihr Zimmer.

»Kurt, wenn du mein Freund bist, kommst du herein, und ich werde den Lärm sofort abstellen«, versprach Knesl. »Setz den Tschako ab, und sei ein Mensch! Ich werde dich dem Minister vorstellen. Ich werde ihm sagen, das ist mein Freund Kurt, der soll die Polizei von Nebudistan reformieren. Ich öffne dir die Welt, Kurt! Ich mache dich zum Präsidenten. Komm rein, und ich schenke dir eine Hornviper. Die kannst du deinem Vorgesetzten ins Bett legen, wenn er dich ärgert. Eines sage ich dir: wenn mir die Polizei befiehlt, still zu sein, schere ich mich einen Dreck darum. Ich blase Trompete, daß die Mauern von Jericho einstürzen. Aber wenn mich mein Freund Kurt bittet, Ruhe zu bewahren, mache ich meine Wohnung zu einem Trappistenkloster. Also komm rein, und es wird sofort abgestellt, sofort, sage ich dir!«

Was blieb Wachtmeister Schigolch anderes übrig, als um der Ruhe und des lieben Friedens willen sich kurz vom Dienst zu beurlauben und die Amtsperson mit dem Tschako für ein Viertelstündchen an der Garderobe abzugeben. Er wurde Kata Kiri vorgestellt, und da Schigolch Mitglied des Allgemeinen Bildungsvereins war, interessierte er sich sehr für den weitgereisten Gast. Er durfte auch das Körbchen voll Schlangen sehen, dankte aber entschieden, als ihm Ben eine schenken wollte und machte sogar dienstliche Bedenken geltend: »Sei nur vorsichtig, daß das nicht aktenkundig wird! Ich weiß nicht, ob das Halten von Schlangen in Wohnhäusern statthaft ist!«

Ben hielt sein Versprechen und ermahnte Bettina und Kata Kiri, Kurt zuliebe nur noch zu flüstern. Der Abend endete in einem stillen Abtrunk. Bettina stellte bald fest, daß die Männer das Ziel der Klasse erreicht hätten, wie sie einen gewissen Sättigungsgrad mit Alkohol nannte. Kurt verabschiedete sich. Kata Kiri wurde auf sein Zimmer transportiert.

»Morgen reisen wir – in aller Frühe!« drohte Ben.

Alle freuten sich auf die Reise nach München, wo Tochter Rose mit ihrem Dichter wohnte. Kata Kiri interessierte sich sehr für das Hofbräuhaus, dessen Ruhm bis nach Nebudistan gedrungen war. Er stellte sich vor, daß die Bayern Tag und Nacht damit beschäftigt waren, auf Kamelen in dieses Institut zu reiten, um die Kurve des Bierkonsums in stetiger Höhe zu halten. Bettina freute sich auf Friseur Permoser, dessen Lebensweisheiten sie schätzte und von dem sie behauptete, keiner könne wie er ihrer Frisur die persönliche Note geben. Ben aber fand, es sei höchste Zeit, »wieder einmal den Staub des Alltags vom Rockkragen zu blasen« – eine Redensart, die er oft gebrauchte. Noch mehr freute er sich aber, Tochter Rose und ihrem verkannten Dichter Rainer M. Spöckmüller, der in fast allen seiner unveröffentlichten Werke ferne, unbekannte Länder namens Thule und Orplid (seltener Vineta, weil sich da nicht so leicht ein Reim darauf fand) mit der Seele suchte, endlich eine reelle Chance geben zu können.

Mit solch freundlichen Gedanken schliefen Knesls und ihr Gast dem schon nahen Tag entgegen.

# Zweites Kapitel

Ben wachte auf, als es hell zu werden begann. Er liebte die ersten Morgenstunden nicht und begründete seine Abneigung damit, daß man zu so früher Stunde Hinrichtungen anzusetzen pflege. Sein Leben hatte ihm allerdings auch selten Gelegenheit gegeben, den Tagesanbruch kennenzulernen.

Ben hatte ein trockenes Gefühl im Hals, eine klebrige Zunge und Kopfschmerzen. »So was in der Gesundheitswoche!« murrte er. Ben stand auf und ging in die Küche, suchte nach der Sprudelflasche und trank sie halb leer. Dann nahm er eine Tablette gegen Kopfschmerzen, legte sich wieder ins Bett und versuchte einzuschlafen, indem er an ein wogendes Kornfeld dachte. Leider schlich in dieses Bild eine verschleierte Araberin mit einem Eisbären an der Leine. Ben versuchte, sie aus dem Kornfeld und aus seinen Gedanken zu verscheuchen, aber es gelang ihm nicht. Die Kopfschmerzen wurden stärker. Der Magen meldete seine Antipathie gegen Sprudel an.

Auch Bettina schlief schlecht. Sie organisierte in Gedanken die Reise. Glücklicherweise war Geld im Haus, so daß keine finanziellen Bedenken im Wege standen. Denn des Schwiegersohns Dichtkunst warf recht wenig ab, und so brachte jede Reise nach München auch die Verpflichtung mit sich, Rainers Pegasus eine kräftige finanzielle Spritze zu geben, damit er sich wieder ohne Futtersorgen auf den Jambentrab machen könne.

Bettina hatte einen guten Job, welcher der ganzen Familie zugute kam. Das war auch nötig, denn Ben schrieb nur schwerverkäufliche Sachen über kulturgeschichtliche Themen, die weit ab vom allgemeinen Interesse lagen. Bettina aber verdiente viel besser. Sie war Kükensortiererin.

Dieser Beruf war ihr besonders angenehm, weil er sie nur wenige Monate im Jahr beanspruchte. Von Februar bis Juni schlüpfen die Küken aus. In dieser Zeit war Bettina auf einer Hühnerfarm beschäftigt und entschied über Leben und Tod. Täglich mußte sie bei Tausenden von Küken feststellen, ob sie männlichen oder weiblichen Geschlechts seien. Die Hähnchen wurden als unnötige Fresser sofort nach der Geburt getötet. Die Damen jedoch wurden großgezogen und zu Leghennen ausgebildet.

Da Bettina einen scharfen Blick hatte, konnte sie in der

Stunde 400 Küken sortieren. Und weil sie für jedes Tier fünf Pfennig bekam und in der Saison täglich 10 Stunden arbeitete, verdiente sie damit einen schönen Batzen Geld.

Sie mogelte bei ihrer Arbeit allerdings auch ein bißchen. Wenn ihr ein Hähnchen besonders gut gefiel, spielte sie Schicksal und deklarierte es als Henne. Das schien ihr eine doppelt gute Tat zu sein. Nicht nur weil sie ein Leben gerettet hatte. Sie stellte sich auch das Dasein der Hennen ganz ohne männlichen Beistand ziemlich trostlos vor und suchte diese Not auf ihre Art zu lindern.

Da alle ihre Töchter in bescheidenen Verhältnissen lebten, hatte sie sich erboten, sie ebenfalls zu Kükensortiererinnen auszubilden. Aber die Schwiegersöhne duldeten nicht, daß ihre Frauen auf diese anstößige Art, wie sie es nannten, Geld verdienten. Na ja, ich werde Rose ein paar Scheine zustecken; sie wird es brauchen können, dachte Bettina und schlief wieder ein.

Auch Kata Kiri schlief schlecht. Obwohl es Juli war, kam ihm das Klima rauh vor. Er fror etwas. Die behaglichen Federbetten waren ihm ungewohnt. Dazu hatte er Reisefieber und sah der Begegnung mit München, mit Knesls dichtendem Schwiegersohn und mit dem bayrischen Bier ein wenig aufgeregt entgegen. Außerdem hatte er einen Kater.

Am unruhigsten schlief Frau Schlebusch. Sie hatte ihre Tür verrammelt und den Kleiderschrank davor geschoben, um gewappnet zu sein, falls der Kannibale Appetit auf sie bekäme. Sie träumte von Urwaldfilmen, von riesigen Affen, die dreidimensional aus der Leinwand sprangen und mit ihr tanzen wollten, von Tarzan und von Jonny Weissmüller.

Nur Graps schlief in dieser Nacht gut wie immer.

Als es schließlich heller Tag war, erwachte Bettina durch einen fürchterlichen Schrei. Frau Schlebusch war eben im Begriff, das Wohnzimmer wieder wohnlich zu machen. Dabei hatte sie das eigenartige Körbchen entdeckt und den Deckel abgenommen. Den Schrei stieß sie aus, als ihr die Schlangen entgegenzüngelten.

Bettina klopfte an Kata Kiris Tür und flehte ihn an, die unheimlichen Tiere zu bändigen.

Der Minister erschien in einem dunkelroten Schlafanzug von gewaltiger Spannweite und packte die Schlangen wieder in das Körbchen. Er versicherte Bettina und Frau Schlebusch, daß den Reptilien schon in frühester Jugend die Giftzähne ausgebrochen seien.

Aber Frau Schlebusch erinnerte sich wieder an einen Film: »Das sagte der Häuptling auch zu Gary Cooper. Aber es war eine Falle. Schön, Gary hat sie mit eigenen Händen erwürgt. Aber unsereines ist ja schließlich auch nicht Gary. Ich schreib auch noch ’n Drehbuch, Gnä’frau. Mit Menschenfressern und Schlangen unter einem Dach. Lang mach ich das nicht mehr mit, das sage ich Ihnen!«

Von dem Lärm war auch Ben erwacht. Er rief nach Frau Schlebusch und heischte von ihr das Konversationslexikon, Band H.

Das war ein schlimmes Zeichen. Denn wenn Ben nach dem Lexikon rief, fühlte er sich krank und suchte im Brockhaus ein Leiden, auf das seine Symptome paßten. Da er Kopfweh hatte, interessierte er sich heute für Hirnkrankheiten.

Nach kurzer Zeit hatte er sich informiert. Er war sich über die Gefährlichkeit seines Zustandes im klaren und rief nach Thermometer und Bettina. »Mich hat’s erwischt! Ein Tumor oder eine Hirnhautentzündung. Schnell, einen Spezialisten, schnell!«

»Ich dachte, wir wollten nach München fahren«, bagatellisierte Betti, die solche Zustände kannte.

»Wer weiß, ob ich München noch einmal sehe«, sagte Ben mit elender Stimme.

Bettina schlug vor, erst einmal den Hausarzt Doktor Lebsanft zu rufen, der ein Schulkamerad Bens und außerdem Amateurzauberer und Präsident des Magischen Zirkels war. Seine Feinde behaupteten, deshalb habe er eine so gute Praxis.

»Aber sag’ ihm, er soll gleich einen Spezialisten zuziehen«, klagte Ben.

Bettina rief an, und Doktor Lebsanft war schon nach einer halben Stunde da. »Hauch mich mal an!« sagte er zu Ben. Der tat es.

»Gesoffen – was?« fragte der wegen seiner Grobheit bekannte Arzt. Er griff in die leere Luft und hatte plötzlich einen Rezeptblock in der Hand. »Mund auf und Ah sagen!« befahl er.

»Habe ich auch was im Hals?« fragte Ben ängstlich.

»Ja!« sagte der Doktor und zauberte einen Füllfederhalter aus Bens Mund. »Felis mas communis – einen hundsgemeinen Kater«, diagnostizierte er. »Ich verschreibe dir ein Dampfbad, dann geht er weg. Paß auf, daß Graps nicht ins Zimmer kommt!«

»Ansteckungsgefahr?« argwöhnte Ben.

»Nein! Wenn Graps den Kater sähe, würde er vor Schreck bis nach Rom laufen.«

Ben wollte eben etwas Beleidigtes sagen, aber der Doktor schrieb mit roter Tinte »Bad (russ.röm.)« auf den Rezeptblock. »Was – schon wieder Blut im Federhalter!« sagte er, schwenkte den Halter dreimal durch die Luft und schrieb weiter. Jetzt war die Schrift grün.

Doktor Lebsanft kannte Bens Krankheiten, die meist nach durchzechten Nächten auszubrechen pflegten. Ein Dampfbad bereitete jedem Kater, auch wenn er in der Maske eines Tumors auftrat, ein jähes Ende.

Voll Stolz zeigte Ben dem Arzt die Hefetabletten und die Vitaminpräparate, die in dieser Woche die Knesl'sche Gesundheit heben sollten. Doktor Lebsanft machte einmal Hokus-Pokus und schon waren sie verschwunden. Frau Schlebusch fand später das Vitamin C in der Matratze und die Hefetabletten in Grapsens Korb.

Ben, der mit dem erwünschten Rezept schon eine kleine Rekonvaleszenz spürte, wollte dem Doktor auch etwas Magisches bieten. »Hokus-Malokus!« sagte er feierlich.

»Nun?« wartete der Arzt auf das Ergebnis.

»Geh ins Bad. Ich habe einen Neger hineingezaubert!« sagte Ben.

Doktor Lebsanft ging auf den Spaß ein. Er prallte zurück, als er im Bad tatsächlich einen Menschen von ungewöhnlicher Hautfarbe sah.

»Das ist ein toller Trick!« lobte er Ben. »Wie hast du bloß den Dicken da reingekriegt.«

»Aus dem Zylinder!« brüstete sich Ben, stieg ächzend aus dem Bett und führte den Arzt zu Kata Kiris Geschenkkörbchen. Wieder sprach er sein Hokus-Malokus und animierte seinen Schulkameraden, das Körbchen zu öffnen. Der tat es, und die Schlangen quollen ihm entgegen.

»Nimm dir eine davon! Du kannst damit deinen Äskulapstab garnieren!« offerierte Ben.

Doktor Lebsanft wurde fast ein wenig böse. »Bin ich Zauberer oder du?« fragte er indigniert. Denn sein medizinischer Ehrgeiz war gering. Aber er legte großen Wert darauf, als großer Amateurzauberer zu gelten. »Der Neger ist natürlich gespiegelt. Aber die Schlangen?«

Ben versprach, ihm später den Trick zu verraten. Doktor Lebsanft verabschiedete sich und prallte in der Garderobe mit Kata Kiri zusammen. Ben machte die Herren bekannt: »Doktor Lebsanft – Minister Kata Kiri, ein Spiegeltrick!«

Der Arzt verließ rasch die Wohnung. Er fühlte sich als Zauberer besiegt, bis er am anderen Tag in der Zeitung las, daß Kata Kiri wirklich existiere. Das gab ihm sein Selbstvertrauen zurück und hielt ihn davon ab, das Präsidium des Magischen Zirkels niederzulegen.

Bettina richtete inzwischen den Frühstückstisch. Sie hielt Frau Schlebusch zurück, die dem Gast einen großen rohen Knochen servieren wollte. »Das ist wohl das Schlüsselbein von einem Mammut?«

»Für den Schwarzen!« sagte Frau Schlebusch. »Der muß doch was Rohes zwischen den Zähnen zermahlen. Ich habe das im Kino gesehen. ›Das Weib in den Tropen‹ hieß der Film.«

Bettina dirigierte den Kalbsknochen zu Graps und fragte Ben, ob ihm seine Krankheit erlaube, ein kleines Frühstück zu sich zu nehmen. Seufzend sagte er zu.

Beim Frühstück beschloß man, die Reise nach München um einen Tag zu verschieben, damit Ben sich auskurieren könne. Kata Kiri, der einen erstaunlichen Appetit zeigte und den Käse dick mit Orangengelee bestrich, wollte mit ins Dampfbad gehen. Ben klagte noch über Kopfschmerzen, trank Saft und aß nur zaghaft. Dann machte er sich mit Kata Kiri auf den Weg ins Gesellschaftsbad, wie es offiziell genannt wurde.

In einem gekachelten Raum saßen dicke Männer und schnappten nach Luft. Mosaiken an den Wänden zeigten rosarote Flamingos auf meergrünem Hintergrund, die auf einem Bein in einer blauen Flüssigkeit standen. Die dicken Männer schwitzten und staunten, als Kata Kiri eine neue Farbnuance in die Gesellschaft brachte. Der Minister fühlte sich in der tropischen Temperatur des Heißluftraums wie zu Hause, während Ben sich ächzend und stöhnend den Kater aus dem Leib treiben ließ.

Der Masseur fragte Kata Kiri, ob er immer so schwarz sei.

Aber der Fremde, der die Massage für eine rituelle Handlung und die Masseure für Medizinmänner hielt, wagte keine Unterhaltung, bis ihn der Masseur mit den zwei traditionellen Backenstreichen auf die hintere Hälfte verabschiedet hatte. Diese Backenstreiche hielt er für einen abendländischen Abschiedsgruß – ein Irrtum, der später noch peinliches Aufsehen erregen sollte.

Ben gehörte nicht gerade zur guten Gesellschaft der Badestadt Querfurt, weil sein unsteter Lebenswandel und seine Unbekümmertheit den Spielregeln des gehobenen Bürgertums nicht entsprachen. Dennoch hatte er viele Freunde und Bekannte in der Stadt, und so war es nicht zu vermeiden, daß er manchen von ihnen auch hier im Gesellschafts-Bad begrüßen konnte. Als er mit Kata Kiri ins Warmwasserbecken stieg, wobei ein paar Nichtschwimmer die Flucht ergriffen, weil sie fürchteten, des Fremden Massen ließen das verdrängte Wasser zu einer Springflut anschwellen, sah er manches bekannte Gesicht. Die Herren begrüßten sich freundlich und machten auch in ziviler Nacktheit im Wasser ihre korrekte Verbeugung. Ben machte den schwarzen Gast mit Regierungsrat Wittlich bekannt, der nichts als einen weißen Bart und auch im Wasser einen Kneifer trug, weil er stark kurzsichtig war und ohne Brille einen Maikäfer kaum von einem Düsenjäger unterscheiden konnte. Die Aktiven des Fußballclubs, die sich im Dampfbad für den sonntäglichen Match gegen Gutsmuts vorbereiteten, glaubten an einen Faschingsscherz, als sie hörten, wie der Regierungsrat zu dem Braunen sagte: »Es freut mich sehr, Exzellenz, Ihre Bekanntschaft gemacht zu haben«, wobei der Regierungsrat auch nicht ganz sicher war, ob er nicht das Opfer eines der Scherze sei, für die Ben so berüchtigt war. Die Fußballspieler baten Kata Kiri um ein Autogramm, was daran scheiterte, daß im Bassin weder Papier noch Tinte aufzutreiben war. Denn sie konnten sich nicht vorstellen, daß ein dicker brauner Mann, den man mit Exzellenz anredete, etwas anderes als einer jener großen Meisterboxer sei, deren gefürchtete Rechte jede Zeitung zu rühmen wußte.

Ben setzte sich mit Kata Kiri in eine stille Ecke des Beckens. Von Zeit zu Zeit tauchte der Minister und durchmaß das Wasser mit schnellen Stößen, wobei er an ein flottes Flußpferd erinnerte. Dann setzte er sich wieder neben Ben und erzählte ihm von der fernen Insel Nebudistan. Daß es dort mehr Feiertage als Arbeitstage gebe. Daß im letzten Jahrhundert die Königin Schlowete ein Schreckensregiment geführt hätte. Die Tyrannin habe über drei Zentner gewogen und versucht, eine Salzsteuer einzuführen. Glücklicherweise habe sich jedoch ein Missionar in sie verliebt und sie mit in seine Heimat genommen.

Ben wiederum sagte dem Minister, wie gern er bereit sei, mit ihm nach Nebudistan zu kommen und schüttete ihm sein Herz aus. »Ich möchte gern meine Tochter Camilla mitnehmen. Schon wegen Ingrid. Das ist meine älteste Enkelin. Sie ist knapp 19 Jahre alt. Es ist kein Großvaterstolz, wenn ich sage, daß Ingrid sehr schön ist. Wie gut würde sie nach Nebudistan passen!«

»Die nehmen wir mit!« entschied Kata Kiri.

»Aber was machen wir mit meinem Schwiegersohn? Joab ist Stadtmissionar. Wenn er seine moralischen Grundsätze in Nebudistan durchsetzen würde – und er setzt sie überall durch! – dann wäre die Salzsteuer der Tyrannin Schlowete ein sanftes Labsal gemessen an dem, was Joab über das Land brächte!«

»Keine Not ist so groß, als daß entschlossene Männer sie nicht wenden könnten«, sagte Kata Kiri. Der Satz stammte wieder aus seiner deutschen Grammatik. »Passen Sie auf! In Nebudistan gibt es eine große Anzahl von anderen Missionaren. Die werden wir auf Joab hetzen, damit sie ihn ummissionieren.«

Dieses Wort gefiel Ben sehr. »Vielleicht gelingt es gar, ihn zu der Sekte zu bekehren, die das Feuerwasser anbetet«, wagte er zu hoffen.

»Oder wir verwickeln ihn in einen Glaubenskrieg mit einem anderen Missionar - vielleicht ist er schwächer und wir sind ihn los!« schlug Kata Kiri pietätlos vor.

Daran zweifelte Ben. »Joab ist ein Hüne! Wenn er einen Sünder nicht mit geistlichen Mitteln überzeugt, schlägt er ihn windelweich!« sagte er nicht ohne Stolz.

In diesem Augenblick betrat ein stattlicher Mann den Raum.

»Hallo Cuno!« rief Ben mit fröhlicher Stimme.

Der Angerufene stieg gravitätisch ins Bassin. »Sie müssen mir Modell stehen«, sagte er zu dem Minister, bevor er Ben begrüßte. »Ich male eine Salome. Sie sind der Henker! Mit einem blutigen Schwert im Mund. Und auf dem Kopf ein silbernes Brotkörbchen mit dem Haupt des Johannes. Keine Angst, ich male ziemlich abstrakt!«

Ben stellte den Kunstmaler Daibenzieher dem Minister vor. »Donnerwetter, Minister sind Sie auch noch! Wenn ich gewußt hätte, daß ich mit einem Minister im gleichen Wasser sitze, hätte ich mir einen Schlips umgebunden!«

Cuno Daibenzieher gehörte zu Bens Freunden. Er hatte keinen allzu guten Ruf in der Stadt. Alle paar Jahre nämlich pflegte sich Cuno plötzlich und heftig zu verlieben. Er gab nicht locker, bis er das Objekt seiner Liebe aufs Standesamt geschleppt hatte, weil er der Meinung war, eine wahre Liebe müsse man in der Ehe konservieren. Leider gelang ihm das nie. Cuno neigte, wenn er ledig war, zur Gutmütigkeit und zur Fülle, weshalb er auch oft das Dampfbad besuchte. Seine Ehen jedoch waren für die Beteiligten eine seelische Passion. Denn Cuno weinte, sobald er verheiratet war, seiner Freiheit nach, verfiel in Melancholie, wurde reizbar, bekam Depressionen, malte unverkäufliche Bilder, auf denen meist traurige Hähne und wehmütige Clowns in Grau und Schwarz zu sehen waren, und magerte ab. Je schlechter er sich mit seiner jeweiligen Frau vertrug, um so besser verstand er sich mit seinen Schwiegermüttern, denen er sein Herz ausschüttete und bei denen er sich aussprach. Die Schwiegermütter waren dann vernünftig genug, ihren Töchtern eine Scheidung nahezulegen.

Mit seinen Frauen hatte Daibenzieher Pech, mit seinen Schwiegermüttern Glück. Auf diese Weise hatte er schon vier Ehen hinter sich gebracht. Im Junggesellenstand fühlte er sich dann wieder wohl, gesundete an Leib und Seele und bevorzugte in seinen Bildern die Farben Rot und Gelb. Mit Hilfe seiner Schwiegermütter gelang es ihm auch in zwei Fällen, seine ehemaligen Frauen, die hübsch anzusehen und recht gescheit waren, wieder unter die Haube zu bringen.

Die vier Ehefrauen Daibenziehers verstanden sich auch untereinander gut. Sie hatten wöchentlich einen Damenkranz, zu dem der Maler jeden Monat einmal eingeladen wurde. Daibenzieher rühmte sich gern des freundschaftlichen Verhältnisses zu seinen ehemaligen Gattinnen. Wenn man ihn mit der Tatsache seiner erfolglosen Ehen frotzelte, sagte er: »Manche Leute sammeln Briefmarken oder Schmetterlinge. Ich sammle Schwiegermütter!«

Da Daibenzieher ein begabter Maler war, konnte er von seiner Kunst nicht leben. Und weil er dazu noch ein moderner Maler war, kaufte keine staatliche oder städtische Behörde ein Bild von ihm. Deshalb hatte er sich auf röhrende Hirsche spezialisiert. Damals war nämlich die Mode aufgekommen, daß Dorfgasthäuser ihre Räume mit Fresken ausmalen ließen. Als der »Alte Fritz« in Busenbach renoviert wurde, hatte sich Daibenzieher zum Spaß angeboten, einen röhrenden Hirsch auf die Wand zu malen. Er malte ihn streng naturalistisch und umgab ihn mit allerlei Getier und Gepflanz aus den heimischen Wäldern. Bei einer Tagung des Wirtevereins machte das Daibenzieher'sche Fresko einen so starken Eindruck, daß fortan jeder Wirt, der einen Raum herrichten ließ, es als eine Ehrensache betrachtete, daß ihm der Meister einen Hirsch an die Wand male.

Mit der Nachfrage nach Hirschen stieg der Preis. Der Maler Daibenzieher war aus der gastronomischen Geographie der näheren und weiteren Umgebung nicht mehr wegzudenken.

Nach dem vierten Glas Wein pflegte er zu prahlen: »Wenn in 300 Jahren einmal die Studenten der Kunstgeschichte und die Touristen aller Länder auf Reisen gehen, um mein Œuvre zu besichtigen, so werden sie sich nicht in öden Museen langweilen. Es wird eine fröhliche Rundreise von Gasthaus zu Gasthaus sein! Bei einer Flasche Würzburger Steinwein werden sie meinen ›Röhrenden Hirsch mit Eichhörnchen‹ im ›Wilden Mann‹ betrachten. In der ›Gelben Eule‹ werden sie einen Durbacher Weißherbst auf mein Wohl trinken und die ›Hirschbrunst im Gebirge‹ bewundern. In der ›Alten Taverne‹ werden sie einen Walporzheimer Spätburgunder bestellen und die ›Kämpfenden Hirsche mit Kühen‹ bestaunen. Und zum Abschluß werden sie in der Milchbar einen Cocktail mit reichlich Cognac nehmen und mein Mosaik ›Äsende Hirsche im Abendrot‹ wird mild wie Milch über ihren Barhockern leuchten.«

So ein Mann war Daibenzieher, der sich jetzt zu Ben und Kata Kiri gesellte. Als er des Ministers üppige Formen zur Kenntnis genommen hatte, was in ihm die Idee zu einem schwarzen Bacchus weckte, schlug er vor, man solle im Schwimmbecken Karussell spielen. Das Schwimmbecken war rund. Wenn man darin stand, ging einem das Wasser gerade bis an den Hals, was Daibenzieher als Symbol für die Lage der freien Berufe wertete. Er spornte seine Spielgefährten an, mit ausgebreiteten Armen kräftig ein paar Runden zu traben und das Wasser vor sich herzutreiben. So entstand in der Mitte des Bassins ein tückischer Strudel, während das Wasser sich wie ein Kreisel bewegte und nach wenigen Minuten infolge der Zentrifugalkraft hoch über den Rand des Beckens schwappte. Die drei Männer jauchzten vor Vergnügen. Da kam der Bademeister, ermahnte sie streng und vermerkte mißbilligend zu sich selbst: »Jetzt treiben schon fremde Elemente in unserem heimischen Heilwasser Allotria!« Dann rief er: »Befindet sich hier ein Herr Knesl?«

»Hier!« meldete sich Ben.

»Ans Telefon!« befahl der Bademeister.

Ben kam es merkwürdig vor, daß man im Dampfbad ans Telefon gerufen wurde. Er folgte dem Bademeister in den Massageraum.

»Eine Dame!« sagte der Bademeister und wies auf den Apparat.

Ben suchte vergeblich nach einem Handtuch, um sich für das Gespräch mit der Dame zu gürten. »Hier Knesl«, sagte er verlegen, hielt in der Rechten den Hörer und benützte die Linke als

Feigenblatt. Bettina meldete sich, worauf Ben erleichtert auf das handliche Feigenblatt verzichtete.

»Was klatscht denn da so?«

»Das ist die Massage! Was gibt's?«

»Du mußt schnell nach Hause kommen! Es ist etwas passiert! Ingrid ist durchgebrannt.«

»O je! Ich komme gleich!« sagte Ben und hängte den Hörer auf. »Meine Enkelin ist nämlich durchgebrannt«, entschuldigte er sich bei Masseuren und Massierten, weil es ihm stillos vorkam, daß man im Dampfbad telefonierte.

»Viel Vergnügen!« sagte herzlos ein Mann mit geröteter Haut.

Ben brachte die Schreckensbotschaft seinen Freunden ins Bassin.

Daibenzieher fand Ingrids Entschluß großartig.

Kata Kiri konnte sich nicht vorstellen, weshalb sich Ben so aufregte, weil Ingrids Flucht den nebudistischen Gepflogenheiten nicht widersprach. Wahrscheinlich hat der Liebhaber, mit dem sie durchgebrannt ist, den Kaufpreis noch nicht überwiesen, dachte er.

»Schnell nach Haus!« sagte Ben und zog Kata Kiri hinter sich her.

Die Ungewißheit machte ihn nervös. Er zog seine Socken mit der Naht nach außen an und gönnte es seinen Knöpfen nicht, mit den ihnen zugeordneten Knopflöchern vermählt zu werden, was seinem Anzug eine faltenreiche und absonderliche Form gab. Er konnte kaum abwarten, bis Kata Kiri fertig war und nahm eine Taxe.

Bettina hatte ihr dunkelblaues Kostüm angezogen. Das tat sie immer, wenn ihr traurig zumute war. Sie überreichte mit Tränen in den Augen ihrem Mann das Dokument, das von dem bedauerlichen Vorfall zeugte.

Ingrid schrieb:

München, 29. Juni. Liebe Großeltern! Wenn Ihr diesen Brief in Händen habt, bin ich nicht mehr bei den Eltern. Ich kann nicht mehr!!!! Sie würden es mir auch nie erlauben. Ach, ich weiß, Ihr versteht mich! Er ist groß und blond. Vati und Mutti ließen es nicht zu, daß wir uns trafen. Aber in der gleichen Stadt mit ihm dieselbe Luft atmen und ihn nicht sehen, bedeutet für mich lebendigen Leibs verschmachten. Ich habe deshalb die Fesseln der Abhängigkeit von mir gestreift. Mit dem nächsten Zug verlasse ich Schasswil. Ich gehe in die Welt, vielleicht kann ich ihn vergessen. Er weiß von nichts. Ich möchte ihn nicht damit belasten. In der Großstadt will ich untertauchen und mir mein eigenes Lebensboot zimmern. Vielleicht wird es kräftig genug, daß es mich später zu ihm trägt. Damit ich mir nicht ganz verlassen vorkomme, gehe ich nach München. Wenn ich auch Onkel Rainer und Rose nicht zur Last fallen will, so weiß ich doch einen Hafen, den ich ansteuern kann, falls mein Schifflein den Stürmen nicht gewachsen ist. Sucht mich nicht – Ihr werdet mich nicht finden! Beruhigt die Eltern! Wenn sich die Wogen in meiner Seele wieder geglättet haben, was ich fast nicht mehr glauben kann, werdet Ihr wieder von mir hören.

Inzwischen vergeßt nicht

Eure unglückliche Enkelin
Ingrid.

PS. Er heißt Egon. Geld für acht Tage habe ich, dann muß ich eine Stelle gefunden haben. Oh, das Leben ist voll Bitterkeit! Der Anhänger, den Ihr mir zum Geburtstag geschenkt habt, steht mir prima! In meinem Alter haben schon ganz andere das Steuer ihres Lebens fest in die Hand genommen! Hoffentlich ist der gute Graps gesund. Schicke Euch demnächst meine Tagebücher, versiegelt! Sollte mir einmal etwas zustoßen, so ist es mein letzter Wille, daß sie ungelesen verbrannt werden. In München kaufe ich mir einen Lippenstift. Aber das dürft Ihr Vati keinesfalls erzählen. Sagt den unglücklichen Eltern, daß ich ihnen verzeihe. Wenn ich nur den Namen des Friseurs wüßte, der Bettina immer so toll herrichtet! Manchmal glaube ich, dem Gram nicht gewachsen zu sein. Wie sagt doch Goethe? Ich weiß es nicht mehr!

D. O.

»Na, wie findest du den Brief?« fragte Ben.

»Eine gesunde Mischung aus Romantik und Kosmetik mit literarischen Seefahrtsvergleichen«, sagte Bettina. »Ich habe keine Angst um sie. Schließlich bin ich ja auch einmal durchgebrannt!«

»Ein großartiges Mädchen!« lobte Ben. »Das hat sie von mir! Aber wir müssen sie finden! Und wenn ich den Kerl, diesen Egon, erwische...«

»Was hast du denn gegen ihn?« forschte Bettina.

»Die ist doch viel zu gut für ihn! Hoffentlich macht sie mit dem keine Dummheiten. Mit neunzehn Jahren!«

»Um Gottes willen, ich will doch noch nicht Urgroßmutter werden! Da könnte ich ja das Hellblaue nicht mehr tragen!«

»Jetzt sofort ab nach München!« ordnete Ben an. »Frau Schlebusch, das große Gepäck!«

Graps witterte eine Chance, mitgenommen zu werden.

Bettina meldete ein Gespräch nach Schasswil an, um Camilla zu beruhigen und ihr zu melden, daß Ingrids Verfolgung aufgenommen werde.

Kata Kiri stand der ganzen Aufregung ziemlich verständnislos gegenüber. »Unglückliche Liebe und frischer Knoblauch treiben manchen in die Flucht«, zitierte er ein nebudistisches Sprichwort.

# Drittes Kapitel

Wenn man Ben so hinter dem Steuer sitzen sah, hätte man ihm seine 65 Jahre nicht zugetraut. Er trug ein gelbes Polohemd und ein rotes Halstuch. Sein schmales Gesicht war von der Sonne verbrannt. Seine Augen, deren Farbe zwischen Grau und Grün changierte, kontrollierten die Autobahn. Seine scharfe, gebogene Adlernase gab ihm ein gebirglerisches Profil, dem sein melancholisches Aussehen allerdings widersprach.

Ben stammte aus einer gediegenen Beamtenfamilie. Wer ihn aber zum ersten Mal sah, hätte vermuten können, er sei der Sohn einer Pianistin aus Berditschew, die sich in einen Tiroler Bergführer verliebt hatte.

Bettina saß mit Kata Kiri auf dem Rücksitz. Obwohl ihr sechzigster Geburtstag nahe bevorstand, sah man ihr an, daß sie einmal schön gewesen war. Sie trug ein graues Reisekostüm mit einer fraisefarbenen Nylonbluse, dazu ein Hütchen in derselben Farbe, das man fast keß nennen konnte.

»Was tust du?« fragte sie Ben.

»Fahren und klären«, sagte er.

Unter dem Wort »klären« verstand die Familie Knesl die Tätigkeit des Nachdenkens. Ben war, soweit es der Verkehr zuließ, in Gedanken versunken. Ich habe eine Mission zu erfüllen, dachte er, und das befriedigte ihn. Zunächst einmal galt es, Ingrid zu finden. Er machte sich wenig Sorgen um sie. Er empfand es sogar als Erleichterung, daß sie Joab und seinen strengen Grundsätzen entlaufen war. Und er stellte es sich nicht allzu schwer vor, Ingrid unter vier Augen für die Reise nach Nebudistan zu gewinnen. Ach, am liebsten hätte er seine gesamte Nachkommenschaft mitgenommen, samt Knochenbeilage. Unter diesem Sammelbegriff pflegte er seine Schwiegersöhne zusammenzufassen. Die Familie, die im Gegensatz zu Ben und Bettina vom Wurm des Mittelmaßes angefressen war, hatte eine Luftveränderung so nötig!

Daß Tochter Rose und ihr Dichtergatte Rainer den Reiseplänen viel Widerstand entgegensetzen könnten, glaubte er nicht. Und da ihm Kata Kiri gesagt hatte, je mehr Knesls mit nach Nebudistan führen, um so willkommener werde er König Tongo sein, hatte er den Ehrgeiz, auf einer Rundreise all die Seinen von der rosigen Zukunft an fernen Gestaden zu überzeugen und eine gemeinsame Überfahrt zu mobilisieren.

»Ein Schiff, ein Schiff!« rief Bettina, als Ben gerade an die Überfahrt dachte.

Der seltsame Anblick riß ihn jäh aus seinen Überlegungen. Er fuhr noch langsamer und sah mit Staunen, wie ihm ein Schiff entgegenschwamm. Es war auf Räder montiert und wurde von einem riesigen Bulldog gezogen.

Kata Kiri war von diesem Anblick fasziniert. »Bei uns können Schiffe nur im Wasser schwimmen!« staunte er und war enttäuscht, als ihn Bettina aufklärte, daß Schiffe auch auf bayrischen Autobahnen ungewöhnlich seien, Ben aber eine merkwürdige Anziehungskraft für paradoxe Dinge entfalte.

Kata Kiri verstand das zwar nicht ganz, betonte aber, daß es ihm schon nach der Lektüre von Bens Büchern klar geworden sei, wie weise, ja prophetisch der Autor sei. Schon die Widmung in der ›Nebudistischen Sprachlehre für Fortgeschrittene‹ beweise das.

Ben hatte dieses Buch dem Finanzamt Nord gewidmet. Das hatte ihm einigen Ärger bereitet. Da das Buch nur eine winzige Auflage hatte und deshalb für das Finanzamt nur den Ruhm der Widmung abwarf, kam ihm die Steuerfahndung auf den Hals. Aber schon nach fünf Tagen finanzieller Inquisition sagte der freundliche Steuerprüfer zu Ben: »Ich sehe schon – bei Ihnen ist nichts zu holen«, und schenkte ihm eine Zigarre.

Plötzlich gab Klops ein Geräusch von sich, als bekomme er einen Asthmaanfall. Klops hieß Knesls Wagen, weil er von oben gesehen die Form eines zerlaufenen Kloßes hatte. Von der Nähe betrachtet weckte er ehrwürdige Gedanken. Ben war schon oft gefragt worden, ob Klops zu den Fahrzeugen gehöre, mit denen Gottlieb Daimler Fahrversuche gemacht hätte.

Das stimmte nicht. Klops war bedeutend jünger als die Pionierfahrzeuge der Autogeschichte. Er sah nur absonderlich aus. Freund Daibenzieher, der ein leidenschaftlicher Bastler war, hatte ihn aus schrottreifen Autos zusammengesetzt. Bevor er ihn dem Freund um geringes Geld verkaufte, wollte der Maler dem Wagen äußerlich die Form einer Lokomotive geben. Ben fand diese Idee großartig, aber Bettina erhob Einspruch. Ein Schornstein auf einem Auto wirke deplaciert, meinte sie.

Nun war Klops auch ohne den Schornstein absonderlich genug. Der Kühler war schlank und hoch. Er war leicht erregbar und kochte schon nach geringen Anstrengungen über. Er wurde von einer dekorativen Kurbel zum Anwerfen des Motors verziert. Das Verdeck, dessen Rißstellen mit Leukoplast verklebt waren, konnte man abknöpfen. An einer kleinen Fahnenstange wehte die blau-gelb-rote Nationalflagge von Andorra.

Knesls Freunde wußten, daß sie dem Ehepaar keine größere Freude machen konnten, als ihm irgend ein Ausstattungsstück für Klops zu schenken. So war das ehrwürdige und von Haus aus bescheidene Gefährt, das sich vor allem dadurch auszeichnete, daß es von jedem schnellen Radfahrer überholt werden konnte, mit allerlei Zierat und Schmuck beladen. Es hatte gewaltige Stoßstangen aus blitzendem Chrom. Mit einer großen Kette und einem kunstvollen Schloß pflegte Ben seinen geliebten Klops nachts an Laternenpfähle diebstahlsicher anzuschließen. Ein Signalhorn, das imstande war, fünf pathetische Töne auszustoßen (Musikkenner merkten leicht, daß es ein Motiv aus Wagners ›Parsifal‹ war), stand in gellendem Widerspruch zu Klopsens bescheidener Erscheinung. Zudem war Klops mit Medaillen bedeckt, die von goldenen und silbernen Kränzen eingerahmt waren. Darauf las man: »Internationale Bergprüfung am Matterhorn« – »Rallye New-York – Sydney« – »Schweizer Weltmeisterschaftslauf für schwere Wagen«. Aber keine dieser Medaillen war ehrlich erworben. Es sei zu Bens Schande gesagt, daß er nach der zweiten Flasche an spezialisierter Kleptomanie litt und nachts von imposanten Wagen jene Ehrenplaketten für Klops abzuschrauben pflegte, die leistungsfähigere Kollegen sich mühsam erfahren hatten.

Auch die Innenausstattung von Klops war bemerkenswert. An den zerkratzten Fenstern aus Zelluloid waren niedliche Bauerngardinen mit Troddelchen angebracht. Eine rosa Nachttischlampe verbreitete schummeriges Licht. Das Steuerrad war mit einem gehäkelten Schonüberzug aus meergrüner Wolle verziert. Die Armaturenknöpfe hatte Daibenzieher aus Hirschhorn geschnitzt, so daß sie den Hosenknöpfen bayrischer Trachten glichen. Über den Sitzen waren Schondeckchen angebracht.

Hell entzückt jedoch war Kata Kiri von den Sitzbezügen, die vaterländische Motive zeigten. Auf dem Fahrersitz war der Brand des Heidelberger Schlosses gestickt. Daneben konnte man eine Studentenkneipe auf Burg Stolzenfels am Rhein bewundern. Auf den Rücksitzen sah man Friedrich den Großen, wie er vor der Schlacht bei Leuthen zu seinen Generälen sprach, und dicht daneben befand sich das Innere des Doms zu Aachen, wo eben Karl der Große zum Kaiser gekrönt wurde.

Klopsens Clou jedoch war das Bremslicht. Es war im ausgestopften Kopf eines Hasen installiert. Der Hase hatte gegen alle zoologischen Gepflogenheiten zwei winzige Hörner und rote Augen, in die Glühbirnen montiert waren. Trat Ben auf die Fußbremse, was selten nötig war, weil Klops das Temperament eines Krokodils und ungefähr dessen Reisegeschwindigkeit hatte, so leuchteten die Augen des an der Rückseite befestigten Hasenkopfes auf, was auf die Fahrer der nachfolgenden Wagen jedesmal einen tiefen Eindruck machte, wenn sie die Schrecksekunde überwunden hatten. Dieser Hasenkopf hatte, ohne daß Ben es wußte, beinahe einmal eine Seele gerettet. Ein gutes Jahr zuvor wollte nämlich auf einer oberbayrischen Straße ein gewisser Herr Steertensteiss aus Bremen Klops überholen. Herr Steertensteiss war Kassier eines bedeutenden Industrieunternehmens. Er war eben mit der Kasse, mit dem Wagen und der Frau des Generaldirektors auf der Flucht. Als er den gehörnten Hasen sah, dessen Augen plötzlich rot aufglühten, dachte er, es sei der Leibhaftige, der ihn zur Umkehr mahne.

Steertensteiss erschrak darüber so sehr, daß er sich im nächsten Ort – es war Murzharding – der Polizei stellte. Da es aber Nacht war, hatte er große Schwierigkeiten, bis er einen Beamten gefunden hatte. Er legte sofort ein volles Geständnis ab. Aber der Beamte sagte, dafür sei er nicht zuständig und führte ihn zum Bürgermeister. Auch der war über die Störung seiner Nachtruhe unwillig, schnitt dem ungetreuen Kassier barsch das Wort ab, sagte ihm, er sei ein Lügner und Schwindler und er werde ihn aus dem Ort weisen lassen. Der Polizist redete Herrn Steertensteiss gut zu, er solle nicht zu viel Aufsehen erregen und so schnell wie möglich verduften. Er zeigte dem reuigen Sünder sogar noch auf der Karte den nächsten Weg bis zur Grenze. So blieb dem Kassier nichts anderes übrig, als mit Wagen, Frau und Kasse ins Ausland zu fliehen. Bald hatte er den warnenden Hasenkopf vergessen.

Steertensteiss gehört heute zu einem der angesehensten Opiumschmuggler des Auslands. Jetzt noch bekommt er Herzklopfen, wenn er daran denkt, wie die Sache hätte ausgehen können, wenn Polizei und Bürgermeister von Murzharding weniger energisch gewesen wären.

Schade, daß Ben von diesem Vorfall nichts wußte. Denn er war stolz auf Klops. »Was nur die Leute an ihm finden«, sagte er oft, wenn eine neugierige Menge das Auto umlagerte. Aber dieser Ausspruch war nicht ernst zu nehmen.

Das schlürfende Geräusch in Klopsens Motor hatte sich inzwischen verstärkt. Es war Zeit, nach einem Parkplatz zu suchen. Denn Klops war ein Individualist und hatte fast so viel Ruhebedürfnis wie Graps, der hinten im Kofferraum lag. Das Körbchen mit Schlangen hatte Bettina im Zoologischen Garten in Pension gegeben, damit Graps die Reise nicht vergällt werde.

Spöckmüllers in München wußten nicht, was ihnen bevorstand. Die Schwiegereltern hatten sich nicht angemeldet. »Sie kommen nicht, sie brechen aus wie ein Gewitter oder wie ein Krieg«, pflegte Rainer M. Spöckmüller von ihnen zu sagen.

Im Augenblick allerdings hatte ein Zwist alle Poesie verjagt, auf der die Ehe der jüngsten Kneslltochter gebaut war. Rose schwamm in Tränen, weil Rainer ihr vorwarf, sie habe die Muse zur Metze gemacht. Dieser Vorwurf traf sie zu tief, als daß sie ihn hätte rasch verwinden können.

Denn Rose war schon immer ein ebenso hübsches wie schwärmerisches Mädchen gewesen. In ihr verband sich die Liebe zur Poesie mit einer Leidenschaft für Heilkräuter. Ihr Vater behauptete, es könne für sie nichts Erhabeneres geben, als die blaue Blume der Romantik in getrocknetem Zustand mit kochendem Wasser übergossen als Gesundheitstee.

Schon in jungen Jahren war Rose aktives Mitglied des Vereins zur Förderung und Pflege heimischer Kräuter. In diesem Verein las einmal der Dichter Rainer M. Spöckmüller aus seinen stets unveröffentlichten Werken. Es war ein Drama mit dem Titel ›Leben, Tod, Sein und Ewigkeit‹, das an Länge der ›Götterdämmerung‹ stark überlegen war. Vom blinden Homer bis Stefan George, vom Propheten Daniel bis zum Seher Theiresias traten darin fast alle Geistesgrößen auf, außerdem die Stimme des Herrn, der Antichrist und 22 Figuren mit Symbolwert. Das Drama war völlig unverständlich und wurde deshalb als mächtiges Dokument der deutschen Innerlichkeit gepriesen, aber niemals gedruckt oder aufgeführt.

Bei der Diskussion verliebte sich die neunzehnjährige Rose in den Dichter, der von schwächlicher Konstitution, aber ständig bereit war, den abendländischen Geist vor der Vernichtung zu bewahren. Rose ging mit ihm noch in eine Reformbar. Bei einem Rotdorn-Cocktail ernannte er sie zu seiner Muse und verlobte sich mit ihr. Die Liebe zu Rose entfesselte in ihm eine Flut von Hymnen und Elegien, wodurch die junge Braut so angeregt wurde, daß sie zu Bens Kummer auch zu dichten begann.

Knesls behaupteten von den Schöpfungen des Brautpaares, es seien Manifeste erhabener Langeweile, und Bettina ließ sich sogar einmal zu dem unpädagogischen Ausspruch hinreißen, ein uneheliches Kind im Haus sei ihr sympathischer als ein solches Geschreibsel. Daraufhin warf sich Rose an die etwas schmale Brust des Bräutigams und erklärte, sie sei den Eltern entfremdet und wolle nimmer von ihm lassen. Kurz darauf fand die Hochzeit statt. So war vor zwei Jahren die jüngste Knesltochter unter die Haube gekommen.

Weil Rainer wenig Erfolg hatte, war er Mitglied einer bedeutenden Akademie und Vorsitzender eines Dichtervereins auf gemeinnütziger Grundlage mit Sterbegeld-Versicherung und Witwen-Versorgung. Er wohnte mit Rose in einem möblierten Zimmer, das sie den »Tempel der Seele« nannten. Da das Ehepaar in Untermiete hauste, war leider ein strenger Tempelwächter über sie gesetzt. Es war der Rentier Willy Brüstl, dem Haus und Wohnung gehörten und der vor 45 Jahren im Ruf gestanden hatte, der schärfste Unteroffizier und Ausbilder in einem schweren Reiterregiment zu sein. Inzwischen hatte sich Brüstls eiserne Strenge zu eiserner Sparsamkeit entwickelt. Er ging schon in der Dämmerung ins Bett, um Licht zu sparen. Wenn jedoch einer der Spöckmüllers zu lange auf den Knopf im Klosett drückte, brach die Wildheit des ehemaligen Unteroffiziers durch. »Wasser kostet Geld!« brüllte er und beschimpfte Rainer und Rose. Sie seien nichtsnutziges Gesindel, das nicht einmal ins Geschäft gehe.

Zu Brüstls Ehre muß gesagt werden, daß er der eigenen Frau gegenüber nicht weniger streng war. Willy war mit fortschreitender Zuckerkrankheit fromm geworden und stellte sich vor, er habe sich durch diese Frömmigkeit drüben ein so stabiles und zinsträchtiges Kapital an guten Werken zugelegt, daß er sich erlauben könne, seine Frau zu prügeln, ohne daß dadurch seine ewige Seligkeit bedroht sei. Die Vorstellung, wie er einst mit einem langen Nachthemd und Flügeln versehen die himmlischen Heerscharen auf Vordermann bringe und den Rekruten unter ihnen den inneren Schweinehund austreibe, erfüllte ihn mit einem Gefühl der Überlegenheit über andere Menschen, die im Glauben lauer waren als er.

Spöckmüllers Tempel der Seele war mit einer Buddhafigur, einer großen Couch und einem Aktenschrank möbliert. Der Aktenschrank war der Stolz des Dichters. Er enthielt eine Kartothek. Darin war das Leben in neun Hauptgebiete, diese in je neun Zwischengebiete, und diese wieder in je neun Untergebiete eingeteilt. So konnte der Dichter jede Lebensregung in eine Zahl fassen und auf eine Karteikarte eintragen, um sie später zu verwenden. 721 bedeutete zum Beispiel: Liebe – Eifersucht – Rache. »Der ganze Othello in einer Zahl«, bemerkte Rainer M. Spöckmüller dazu. Außerdem war in dem Aktenschrank noch eine Ideenkartei. Da dem Dichter wenig Bemerkenswertes einzufallen pflegte, trug er stets in der rechten Rocktasche weiße Zettel bei sich. Darauf notierte er, was ihm andere erzählten und übertrug es jeden Abend gewissenhaft in seine Kartei.

Nun behauptete Rainer, Rose habe den Tempel der Seele geschändet. Er hatte nämlich ein Blatt Papier gefunden, auf das seine Frau Werbeverse geschrieben hatte:

»Meine Seife ist sehr fein, drum kauf in meinem Geschäft ein.« »Das dickste Hinterteil hat Platz in einer Hos' von Hosenmatz.« »Willst du Käse ohne Maden, kaufst du ihn in meinem Laden.«

Bei der Lektüre dieser angewandten Lyrik, gegen die sich sein Sprachempfinden und sein Gefühl für die Würde der Dichtkunst empörten, erinnerte sich Rainer, solchen Versen schon einmal begegnet zu sein. Sie waren mit weißer, abwaschbarer Farbe in einer kunstvollen Schrift auf Schaufenster gemalt. Es enttäuschte ihn tief, daß Rose diese Produkte für buchenswert hielt.

Er stellte seine Frau zur Rede, und ihr Geständnis schlug ihn fast zu Boden. Rose, die wie alle Knesltöchter die Lüge verabscheute, bekannte offen, die finanzielle Lage im Tempel der Seele habe es notwendig gemacht, daß sie sich nach einem Nebenverdienst umschaue. In einer kleinen Gesellschaft habe sie einen Maler kennengelernt, der so begabt war, daß es ihm an einträglichen Aufträgen mangelte, und der sich deshalb darauf spezialisiert hatte, Schaufenster mit Werbeversen zu versehen. Da dieser Maler ein geborener Schwabe war, seien seine Reime so unrein, daß er einen sprachgewandteren Mitarbeiter gesucht habe. Da sei sie eingesprungen, und deshalb könne man das, was seit ein paar Wochen auf Münchener Schaufenstern zu lesen sei, als ihre Werke bezeichnen.

»Ja schämst du dich denn gar nicht?« fragte Rainer fassungslos. »Du als meine Muse – du, die du in der Brautzeit selbst mächtig in die Leier gegriffen hast, gibst dich dazu her, die Kunst zum Mülleimer zu machen? Du degradierst die Poesie zur Sklavin des Mammons! Eine Käsemade ist dir nicht gemein genug, um sie als Pfeiler für einen Reim zu benützen!«

Rose gab kräftig Widerpart: »Die Käsemade verachtest du. Aber den Speck in den Bratkartoffeln, den ich für diesen Vers bekommen habe, ißt du mit Behagen! Meine Sachen werden gelesen und bringen Geld ein. Und was ist mit deinen Gedichten? Zeig mir doch mal in der Ideenkartei endlich einen Weg, wie ich zu etwas mehr Wirtschaftsgeld komme!«

Dieser Ausbruch des Materialismus verstörte den Dichter so sehr, daß er in die Stadt floh und planlos in den Straßen umherirrte. Als ihn das zu sehr anstrengte, beschloß er, sich zu betrinken, um Roses Verrat zu vergessen und sie zu bestrafen. Eine Bierwirtschaft war ihm für diesen Zweck zu gemein. Vielleicht war es die Gedankenassoziation mit dem von Rose so schmählich verratenen Pegasus, die ihn ins Hippodrom trieb, das ein Plakat anpries:

»Jubel, Trubel, Heiterkeit! FF. Pferde, gepflegtes Bier, preiswerte Spirituosen. Täglich großes Blaskonzert. Wer hier nicht lacht, lacht nie!«

Rainer trat ein. Die Luft war voll Staub und Dunst. Es roch nach Pferden, nach Bier und nach Schweiß. Ein krächzendes Grammophon spielte flotte Reitermärsche. Um die mit Sägmehl ausgestreute Manege standen Tische. Der Dichter, der immer ein wenig unter Platzangst litt, knöpfte sein enges Jackett zu und setzte sich an einen leeren Tisch. Bei einer drallen Kellnerin bestellte er einen Krug Bier und einen Steinhäger. Aus weltanschaulichen Gründen lehnte er sonst diese Getränke ab. Aber jetzt war er fest entschlossen, sich fallen zu lassen. Er schaute sich in dem Lokal um und stellte befriedigt fest, daß es dem Bild des Sumpfes entsprach, in dem zu versinken er sich wünschte.

Drei Pferde trabten in der Manege. Eines davon hatte die Farbe von Milchkaffee. Auf seinem Rücken saß eine jener Damen, die sich in Heiratsanzeigen als Endvierzigerin zu bezeichnen pflegen und mangels anderer rühmenswerter Eigenschaften ihre Herzensbildung anpreisen. Die Dame war heiter und schäkerte mit einem ernsten Herrn, der hinter ihr auf einem Fuchs mit weißer Blesse trabte. Der Herr sah gediegen wie ein Buchhalter aus und schien das Reiten im Hippodrom als einen Ersatz für das entgangene Glück zu betrachten, bei der Kavallerie gedient zu haben. Hinter dem etwas dicklichen Herrn ritt ein kokettes Persönchen einen feisten Rappen, der das Temperament und die Grazie eines Walrosses hatte. Die zierliche Dame war wie ein Backfisch gekleidet. Sie trug eine hellblaue Schleife im Haar. Ihr Rock war geschlitzt. Man sah bis hoch hinauf in den Norden eines wohlgeformten Beins. Das Gesicht der kecken Dame entsprach nicht ganz ihrer jugendlichen Aufmachung. Das Leben hat mit herbem Griffel seine Runen darauf eingegraben, dachte Rainer. Der Gegensatz zwischen Gesicht und Kleidung gab der Dame etwas Zwergenhaftes. Sie sah aus wie ein ältliches Kind. Jedesmal, wenn sie an Rainer vorbeiritt, schenkte sie ihm ein Lächeln und einen strahlenden Blick. Das Lächeln verschönt sie, dachte Rainer, und erwiderte den Blick furchtsam.

Eine korpulente Dame, deren mächtiger Busen von verwaschener rosa Kunstseide gebändigt war und der stilvoll rostrote Ponies in die niedere Stirn hingen, stand mitten in der Manege und dirigierte den Kreislauf.

An der Wand verkündete eine Anschrift, daß das Glück dieser Erde auf dem Rücken der Pferde liege. Darunter gab die Direktion bekannt, daß sie für abhanden gekommene Gegenstände nicht hafte. Außerdem war noch eine polizeilich beglaubigte Reitordnung ausgehängt, die in § 7 entmündigten und geisteskranken Personen das Besteigen der Pferde untersagte. Laut § 9 war es verboten, die Pferde mit Bier zu begießen oder sie in anderer Ärgernis erregender Weise zu necken.

Rainer versank in düstere Gedanken. Es war eine seiner Lieblingsbeschäftigungen, andere ins Unrecht zu setzen und unter diesem Unrecht zu leiden. Er war gern beleidigt. So weit bin ich jetzt heruntergekommen, dachte er. Roses gereimte Käsemaden haben mich aus dem Tempel der Seele ins Hippodrom getrieben. Ich bin auf dem besten Weg zu verkommen. Das ist die Atmosphäre, die ein Mann braucht, der von seiner Frau verraten wurde. Kein Wunder, sie ist ja auch eine geborene Knesl!

Er nahm einen Zettel aus der Tasche, um darauf einen Aphorismus zu schreiben. Er sah die Pferde kreisen. Der aufmunternde Blick der koketten Person fiel wie der Schein eines

Leuchtturms bei jeder Runde auf ihn. »Das Leben ist ein Karussell«, notierte er, aber da fiel ihm ein, daß es schon einen Schlager gab, der mit derselben Erkenntnis begann. Er strich das Wort Karussell aus und ersetzte es durch Hippodrom. Jetzt galt es nur noch eine Begründung dafür zu finden. Wie üblich fiel sie ihm nicht ein. So weit hast du mich gebracht, Rose! klagte er seine Frau in Gedanken an.

Rainer beobachtete die Pferde und verfing sich in dem geschlitzten Rock des ältlichen Kindes. Er zwang jedoch seine Gedanken in eine geistigere Richtung und dachte an die gequälte Kreatur, die hier dem Menschen zu Willen sein mußte. In diesem Augenblick blieb der Rappe, den das kokette Persönchen ritt, an Rainers Tisch stehen und soff mit einem Zug das Bierglas leer. Die Reiterin lachte dem Dichter zu. »Und ich? Bekomm' ich das Stamperl?«

Rainer wußte nicht, was dieses Wort bedeuten sollte, aber die grazile Blondine deutete auf das Schnapsglas. Der Dichter stand auf und reichte es ihr mit einer schüchternen Gebärde. Sie trank es aus.

»Wenn es den Herrn nicht inkommandiert« – sie sagte wirklich inkommandiert! – »möcht ich mich gern ein bisserl zu ihm setzen!«

Rainer beeilte sich, zu versichern, daß dies für ihn eine Freude und eine Ehre sei. Er bestellte zwei Steinhäger und zwei Bier. »Aber bitte aus einem gesäuberten Glas – das Tier hat daraus getrunken!« sagte er zu der Kellnerin, die nur ein mißbilligendes »Alsdann!« für diesen Vorwurf übrig hatte.

Die Blondine glitt vom Pferd, das sie der Dame mit den Ponies überantwortete, und kam an den Tisch. Rainer unterdrückte seine Schüchternheit und sein Unbehagen mit dem Gedanken, jetzt einen Blick in die Seele einer fremden Frau zu tun, was ihm selten vergönnt war. Er versprach sich von dem ungewohnten Abenteuer mindestens eine Bereicherung seiner Ideenkartei.

»Ach Sie! Zu einem Mannsbild wie Ihnen hat unsereins halt Vertrauen!« eröffnete Luisa, wie sich das ältliche Kind zu erkennen gab, die Freundseligkeiten.

Dieses Zugeständnis schmeichelte dem Dichter. Er trank sich mit einem Stamperl Mut zu. »Vertrauen zwischen Mann und Frau ist Voraussetzung allen Seins und Wesens«, sagte er. Mit diesem Satz bewies er seine gedankliche Tiefe, bestrafte Roses lyrischen Fehltritt und baute eine Brücke zu Luisa.

»Man ist ja noch so klein, so klein... und die Welt stellt einem nach«, bekannte das späte Mädchen und glättete ihre himmelblaue Schleife.

»Auch mich hat der Sturm des Lebens gewaltig abgetrieben. Bis hierher – ins Hippodrom!« beichtete er.

»Sie reden als wie ein Dichter!« schmeichelte Luisa und hatte damit den Schlüssel zu Rainers Herzen gefunden.

»Och – man dichtet auch bisweilen«, antwortete er in bescheiden unpersönlicher Form.

»Wollen wir zusammen nicht eine Nummer machen?« fragte Luisa.

Rainer konnte sich unter dieser Aufforderung nichts Rechtes vorstellen, bis ihm Luisa erklärte, sie wolle mit ihm ein paar Runden traben. Sie bekam nämlich Prozente, wenn sie einen Gast zum Reiten animierte.

Rainer, der sich vorgenommen hatte, das Abenteuer bis zur Neige auszukosten, entschloß sich, vom Alkohol ermutigt, den feisten Rappen zu besteigen, weil dessen Farbe seinem Seelenzustand entsprach. Das war nicht so einfach, wie er es sich vorgestellt hatte. Luisa und die Dame mit den Ponies griffen ihm kräftig unter die Sitzfläche. Ein Knopf an seiner Jacke riß ab. Schließlich hatte es der durch morgendliche Kniebeugen bei geöffnetem Fenster nur schwach trainierte Körper Spöckmüllers geschafft. Hinter ihm schwang sich Luisa geschwind auf den Fuchs. Der Dichter verspürte auf dem Rücken des Pferdes, das ihm unheimlich hoch vorkam, ein gesteigertes Lebensgefühl, das zwischen Erhabenheit und Angst lag. Er dachte an Binding und Goethe, die gleich ihm wichtige Lebensabschnitte auf Rössern zugebracht hatten, und fühlte sich einen Augenblick mit ihnen verwandt. Ruhigen Schrittes ging das Pferd im Kreise. Die Gäste des Hippodroms sahen ihn an, als versprächen sie sich von einem reitenden Dichter eine besondere Sensation. Denn Rainer M. Spöckmüller, den man äußerlich für einen sächsischen Kanzleirat halten konnte, zweifelte nicht daran, daß jeder ihm die hehre Berufung von der Stirn ablesen könne.

Das bescheidene Wohlgefühl wurde jäh unterbrochen, als die Dame mit den roten Ponies, die eine hohe Stellung im Hippodrom zu bekleiden schien, ein scharfes »Tarrab!« hören ließ.

Der Rappe wechselte die Gangart. Rainers Körper geriet dadurch in eine Schaukelbewegung, die in unangenehmem Gegensatz zu den Bewegungen des Tieres stand. Das Pferd schien diese Tatsache ebenfalls zu merken. Es machte kurze, ruckartige Bewegungen, die in Rainer die Besorgnis weckten, das Tier sei bösartig und ihm nicht wohl gesonnen. Das Publikum nahm starken Anteil. Doch Rainer traute seinen Ohren nicht. Die aufmunternden Rufe galten nicht ihm, sondern dem gefährlichen Tier. Das Volk forderte es auf, den Reiter abzuwerfen.

Luisa brachte den Dichter noch mehr aus der Fassung. Sie trabte an ihm vorüber und warf ihm Kußhände und verliebte Blicke zu. Rainers Groll auf Rose, die ihn in diese Situation gebracht hatte, wuchs. Nur zu gerne hätte er die Dame mit der Peitsche gebeten, dem, wie ihm schien, wilden Ritt Einhalt und dem Tier eine des Dichters gemäßere Gangart zu gebieten. Er kam sich wie von Furien gehetzt und vom Fieber geschüttelt vor und versuchte, in der schütteren Mähne des Rappens festeren Halt zu gewinnen. In diesem Augenblick stieß Luisa einen schrillen Pfiff aus. Die Peitsche der gebietenden Dame fuhr dem Rappen gegen die Brust. Der bäumte sich steil auf, der Dichter glitt von seinem Rücken, das Publikum kreischte vor Vergnügen, und Rainer lag im Sägemehl der Manege.

Er dachte bei diesem Fall wieder an Rose: So weit hast du mich gebracht – das geschieht dir ganz recht! Er genoß geradezu seinen Sturz in die Tiefe.

Luisa und die Dame mit der Peitsche halfen dem Dichter aus dem Staub und klopften ihm das Sägemehl von den Kleidern. »Sägemehl am Jankerl is besser als Sägemehl im Hirn«, sagte die Dame mit der Peitsche, und Rainer beschloß, diesen Satz für seine Ideenkartei zu notieren.

Luisa, die für jeden von ihr unterstützten Sturz eine Sonderprämie von der Direktion bekam, war zu Rainer besonders liebevoll. Sie führte ihn an seinen Platz zurück. Das Publikum überschüttete den Dichter mit Beifall. Er verbeugte sich linkisch, als ob er eine Premiere hinter sich hätte.

»Jetzt spendier ich eine Runde«, sagte Luisa und setzte ihre Worte in die Tat um. Sie half dem Dichter, seinen Fall zu vergessen, indem sie ihm ihre Lebensgeschichte erzählte. Rainer fand diese Geschichte so fesselnd, daß er sich Notizen machte. Er entdeckte ein neues literarisches Milieu.

Luisa erzählte, sie sei die Tochter achtbarer Eltern und habe sogar auf dem Piano gespielt. Ihr Vater sei ein ob seiner Strenge bekannter Amtsrichter, ihre Mutter eine trinkfeste Bardame gewesen. Beim Stiftungsfest eines akademischen Gesangvereins mit Keuschheitsprinzip habe ihr der Zweitchargierte im Garten die Tugend geraubt. Sie habe es den Eltern gebeichtet. Der Vater sei im Pistolenduell mit dem Verführer gefallen, die Mutter habe sich mit Hilfe starker Getränke innerhalb weniger Wochen zu Tode gegrämt.

Luisa weinte und Rainer, der von diesem Blick in die Abgründe des Lebens tief ergriffen war, streichelte ihre Hand. Das Mädchen bekannte, daß sie jetzt von der Mildtätigkeit hilfsbereiter Herren lebe, und bat Rainer um einen Schnaps.

»Ich werde aus Ihrer Geschichte einen Roman machen!« versprach der Dichter.

»Alsdann schenkst mir auch was!« quittierte Luisa und ging zum vertraulichen Du über.

In diesem Augenblick betrat ein zierliches Mädchen den Raum. In der einen Hand hielt sie ein Körbchen mit geschnittenen und gesalzenen Rettichen, in der anderen ein Gestell mit einer Enzianflasche und kleinen Gläsern. »Radi – Enzian!« pries sie ihre Ware an. Sie machte den Eindruck, als ob sie noch nicht lange in dieser Branche arbeite. Ihr dunkler Wuschelkopf glich einer aufgeplatzten Seegrasmatratze.

Rainer betrachtete das Mädchen ungebührlich intensiv, so daß Luisa fast böse wurde. »Darfst aber nix Schlechtes von mir denken!« sagte sie zärtlich.

Jetzt hatte das Radimädchen auch den Dichter gesehen. Sie ließ vor Schreck fast ihre Ware aus den Händen fallen. »Onkel Rainer – wie kommst denn du hierher?« fragte sie fassungslos.

»Ingrid! Du hier – in diesem Pfuhl!« sagte der Dichter ebenso erstaunt und nahm die Hand von Luisa.

Alle drei waren in begreiflicher Verwirrung. Rainer war auf alles andere gefaßt, als seine Nichte, die Tochter des Stadtmissionars Schäfferli aus Schasswil, in einem Münchener Hippodrom beim Rettichverkauf zu treffen.

Ingrid, die durchgebrannt war und die Stellung als Radimadl in diesem Etablissement erst zwei Tage bekleidete, wunderte sich, den dichtenden Onkel, der immer von einer gewissen Feierlichkeit umgeben war, an so weltlicher Stätte zu finden. Noch merkwürdiger kam ihr die Tatsache vor, daß die Dame Luisa, von deren Beruf sich Ingrid nur unklare Vorstellungen machen konnte, so intim mit dem Onkel befreundet schien. Und schließlich sah sie es als einen Eingriff des Schicksals an, daß sie schon wenige Tage nach ihrer Flucht aus dem Elternhaus von einem Angehörigen der Familie Knesl entdeckt wurde.

Luisa aber war böse, daß das junge Mädchen ihr allem Anschein nach den Mann abjagen wollte oder gar schon mit ihm auf vertrautem Fuß stand. Vor allem machte sie die Anrede »Onkel« mißtrauisch. Sie selbst war nämlich einmal mit einem älteren Herrn gereist, der Generalvertreter der Firma Plinzinger (»Alles für den Hund«) war. Zu diesem Herrn mußte sie auch immer Onkel sagen, damit der Chauffeur keinen Verdacht schöpfte.

Rainer forderte seine Nichte auf, Platz zu nehmen.

»Ich weiß nicht, ob ich das als Angestellte darf«, zweifelte Ingrid.

»Los – setz dich – ich trinke deine ganze Enzianflasche leer«, animierte sie der Onkel, und Ingrid stellte befremdet fest, daß der Gigant im Reich der Poesie leicht angetrunken war, was ihn fast noch sympathischer machte.

»Dann kann ich ja wohl gehen«, sagte Luisa und wartete vergeblich auf Widerspruch. Sie stand auf und gesellte sich zu der Dame mit den Ponies.

»Nun erzähl' mir mal schön der Reihe nach, wie du hierhergekommen bist und was du hier treibst«, sagte Rainer und legte sich ein Häuflein weißer Zettel zurecht, um aus der merkwürdigen Begegnung neuen Gewinn für seine Kartothek zu schöpfen.

Ingrid erzählte, während der Onkel sich aus der Flasche mit Enzian bediente und bei jedem Glas gewissenhaft einen Strich auf den Bierdeckel machte. Endlich hatte sie einen Menschen gefunden, dem sie ihr Herz ausschütten konnte.

»Er hieß Egon. Es war alles zu schön mit ihm! Aber zu Hause durften sie es nicht wissen. Du kennst doch Vatis Grundsätze. Und du weißt, wie er uns überwacht. Vor drei Wochen bin ich mit Egon ins Wochenende gefahren. Es war wunder-wunderschön!«

»Und die Eltern haben es gemerkt!« folgerte Rainer, der nicht wußte, ob er über die erotische Selbständigkeit seiner Nichte erstaunt oder entsetzt sein sollte.

»Keine Spur! Egons Mutter kam dahinter!«

»Und die hat dieselben Grundsätze wie dein Vati!«

»Im Gegenteil! Sie ist eine Lebedame. Sie bekam einen Schrecken, als sie ihren Sohn mit der Tochter des Stadtmissionars befreundet sah und rief sofort Vati an.«

»Das verstehe ich nicht!« gab Rainer zu.

»Mein Gott, das ist doch nicht so schwierig! Sie will nichts mit unserer Familie zu tun haben, weil sie fürchtet, Vatis Sittenstrenge könne ihr Privatleben stören. Sie sagte Vati am Telefon, er wisse doch sicher, daß sie eine Frau mit schlechtem Ruf sei.«

»Wie ich deinen Vater kenne, hat er es ihr bestätigt!«

»Und wie! Er wollte eben eine kleine Laienpredigt halten, aber sie hat ihn unterbrochen. Wissen Sie, daß ich einen Sohn habe? fragte sie. Können Sie sich vorstellen, was das für ein Kerl ist? Und ob! sagte Vati. Wissen Sie, daß mein Sohn Ihrer Tochter erfolgreich nachstellt? fragte sie weiter. Vati wurde ganz blaß. Ich übernehme keine, hören Sie, absolut keine Verantwortung! sagte sie zu Vati. Und sie hat ihren Zweck erreicht.«

»Donnerwetter – ist die gerissen!« wunderte sich Rainer und notierte sich den Fall. »Sie droht mit der Untugend des eigenen Blutes, um sich die lästige Tugend der Schäfferlis vom Hals zu halten!«

»Ach du – ich bin da mehr eine Knesl! Ich schlage da eher Ben als meinen Eltern nach!« bekannte Ingrid offen. Dann erzählte sie, wie sie von den Eltern bewacht und eingesperrt wurde. Und wie sie schließlich aus Schasswil geflohen sei, um Egon zu vergessen und um ein eigenes Leben anzufangen. »Wenn du verrätst, daß ich hier bin, gehe ich sofort in die Isar!« drohte sie zum Schluß ihrer Erzählung.

Rainer versprach ihr feierlich, nichts zu verraten. Er werde jetzt öfter hierher kommen und nach ihr schauen. Und wenn sie in Not sei, stehe ihr stets der Tempel der Seele offen.

Er seufzte tief, als er vom Tempel der Seele sprach. Dann machte er Ingrid, ohne Roses Fehltritt zu erwähnen, der ihm viel schimpflicher erschien als Ingrids Wochenende mit Egon, dunkle Andeutungen von seinem Kummer und versprach ihr, das nächste Mal ein paar Pfund einschlägiger Gedichte mitzubringen, die ihr Trost im Liebesleid spenden könnten.

»Ach, man sollte auswandern – in fernen Ländern leben – weit weg von allen Vorurteilen – und mit viel, viel Liebe!« seufzte Ingrid.

Rainer stimmte ihr zu. Auch ihm sei diese enge Welt zu klein. »Aber ich weiß«, sagte er mit dem sechsten Sinn des Dichters, »der Tag ist nicht mehr weit, da ruft mich Orplid, mein fernes Land! Da läuten mir die Glocken von Vineta ihre Einladung zu! Da landet mein Lebensschifflein auf der fernen Insel Thule, die ich täglich mit der Seele suche!«